桂 公 塘

郑振铎 著

泰山出版社·济南·

图书在版编目（CIP）数据

桂公塘 / 郑振铎著. -- 济南 ：泰山出版社，2024.
9. --（中国近现代名家短篇小说精选）. -- ISBN 978
-7-5519-0876-4

Ⅰ. I246.7

中国国家版本馆CIP数据核字第2024DX8248号

GUIGONGTANG

桂公塘

责任编辑 池 骋
装帧设计 路渊源

出版发行 泰山出版社

　　　　　 社　　址　济南市泺源大街2号　邮编　250014
　　　　　 电　　话　综 合 部（0531）82023579　82022566
　　　　　　　　　　出版业务部（0531）82025510　82020455
　　　　　 网　　址　www.tscbs.com
　　　　　 电子信箱　tscbs@sohu.com

印　　刷 山东通达印刷有限公司
成品尺寸 140 mm×210 mm　32开
印　　张 5.625
字　　数 100千字
版　　次 2024年9月第1版
印　　次 2024年9月第1次印刷
标准书号 ISBN 978-7-5519-0876-4
定　　价 32.00元

凡　例

一、本书收录了作者的经典短篇小说，主要展现了作者的思想情感、审美取向与价值观念，以及当时的时代风貌等。

二、将作品改为简体横排，以适应当代的阅读习惯。原文存在标点不明、段落不分等不便于阅读之处，编者酌情予以调整。

三、作品尽量依照原作，以保持原作风格及其时代韵味，同时根据需要，对原文进行了适当的删减和订正。

四、对有些当时惯用的文字，如"的""地""得""作""做""哪""那""化钱""记帐"等，仍多遵照旧用。

目　录

桂公塘

天地虽宽靡所容！长淮谁是主人翁？

江南父老还相念，只欠一帆东海风。

——文天祥：《旅怀》

一

他们是十二个。杜浒，那精悍的中年人，叹了一口气，如释重负似的，不择地的坐了下去。刚坐下，立刻跳了起来，叫道：

"慢着！地上太潮湿。"他的下衣已经沾着淤湿了。

疲倦得快要瘫化了的几个人，听了这叫声，勉强的挣扎的站着，背靠在土墙上。

一地的湿泥，还杂着一堆堆的牛粪，狗粪。这土围至少有十丈见方，本是一个牛栏。在这兵荒马乱的时候，不知那些牛只是被兵士们牵去了呢，还是已经逃避到深山里去，这里只剩下空空的一个大牛栏。湿泥里吐射出很浓厚的腥骚气。周遭的粪堆，那臭恶的气味，更阵阵的扑鼻而来。他们站定了时，在静寂清鲜的夜间的空气里，这气味儿益发重，益发难闻，随了一阵阵的晚风直冲扑而来。个个人都要呕吐似的，长袖的袖口连忙紧掩了鼻孔。

"今夜就歇在这土围里?"杜浒无可奈何的问道。

"这周围的几十里内，不会有一个比这个土围更机密隐秘的地方。我们以快些走离这危险的地带为上策，怎么敢到民家里去叩门呢? 冷不防那宅里住的是鞑子兵呢。"那作为向导的本地人余元庆又仔细的叮嘱道。

十丈见方的一个土围上面，没有任何的蔽盖。天色蓝得可爱。晶亮的小星点儿，此明彼灭的似在打着灯语。苗条的一弯新月，正走在中天。四围静悄悄的，偶然在很远的东方，有几声犬吠，其声凄惨得像在哭。

露天的憩息是这几天便过惯了的，倒没有什么。天气是那末好，没有一点下雨的征兆。季春的气候，夜间是不凉不暖。睡在没有蔽盖的地方倒不是什么难堪的事。所难堪的只是那一阵阵的腥骚气，就从立足的地面蒸腾上来，更有那一阵阵的难堪的粪臭气浓烈的夹杂在空中，熏冲得人站立不住。

"在这个龌龊的地方，丞相怎么能睡呢？"杜浒踌躇道。

文丞相，一位文弱的书生，如今是改扮着一个商人，穿着蓝布衣裤，腰系布条，足登草鞋。虽在流离颠沛之中，他的高华的气度，渊雅的局量，还不曾改变。他忧戚，但不失望。他的清秀的中年的脸，好几天不曾洗了，但还是那末光润。他微微的有些愁容。眉际聚集了几条皱纹，表示他是在深思焦虑。他疲倦得快要躺下，但还勉强的站立着。他的手扶在一个侍从的肩上，足底板是又酸痛，又湿热；过多的汗水把袜子都浸得湿了，有点怪难受的苦楚。但他不说什么，他能够吃苦。他已经历过千辛万苦；他还准备着要经历千百倍于此的苦楚。

他的头微微的仰向天空。清丽的夜色仿佛使他沉醉。凉飚吹得他疲劳的神色有些苏复——虽然腿的小肚和脚底是仍然在酸痛。

"我们怎么好呢？这个地方没法睡，总得想个法子。至少，丞相得憩息一下！"杜浒热心地焦急着说道。

文丞相不说什么，依然昂首向天。谁也猜不出他是在思索什么或是在领略这夜天的星空。

"丞相又在想诗句呢!"年轻的金应悄悄的对邻近他身旁的一个侍从说。

"我们得想个法子!"杜浒又焦急的唤起大家的注意。

向导的余元庆说道:"没有别的法子,只能勉强的打扫出一片干净土出来再说。"

"那末,大家就动手打扫。"杜浒立刻下命令似的说。

他首先寻到一条树枝,枝头绿叶纷披的,当作了扫帚,开始在地上扫括去腥湿的秽土。

个个人都照他的榜样做。

"你的泥水溅在我的脸上了!"

"小心点,我的衣服被你的树枝扫了一下,沾了不少泥浆呢。"

大家似乎互相在咆吼,在责骂,然而一团的高兴,几乎把刚才的过分的疲倦忘记了。他们孩子们似的在打闹。

不知扫折了多少树枝,落下了多少的绿叶,他们面前的一片泥地方才显得干净些。

"就是这样了吧。"杜浒叹了一口气,放下了他的打扫的工作,不顾一切的首先坐了下去。

一个侍从，打开了文丞相的衣包，取出了一件破衣衫，把它铺在地上。

"丞相也该息息了。"他怜惜的说道。

"诸位都坐下了吧。"文丞相蔼然和气的招呼道。

陆陆续续的都围住了文丞相而坐下。他们是十二个。

年轻的金应道："我觉得有点冷，该生个火才好。"

"刚才走得热了，倒不觉什么。现在坐定了下来，倒真觉得有些冷抖抖的了。"杜浒道。

"得生个火，我去找干树枝去。"好动的金应说着，便跳了起来。

向导，那个瘦削的终年像有深忧似的余元庆，立刻也跳起身来，挡住了金应的去路，严峻的说道："你干什么去！要送死便去生火！谁知道附近不埋伏着鞑子兵呢？生火招他们来么？"

金应一肚子的高兴，横被打断了，咕嘟着嘴，自言自语道："老是鞑子兵鞑子兵的吓唬人！老子一个打得他妈的十个！"然而他终于仍然坐了下去。

"鞑子兵不是在午前才出来巡逻的么？到正午便都归了队，夜间是不会来的。"杜浒自己宽慰的说道。

"那也说不定。这里离瓜州扬子桥不远，大军营在那边，时时有征调，总得格外小心些好。"余元庆的瘦削见骨的脸上露出深谋远虑的神色。

文丞相只是默默的不响，眼睛还是望着夜天。

镰刀似的新月已经斜挂在偏西的一方了；东边的天上略显得阴暗，有些乌云在聚集。中天也有几朵大的云块，横亘在那里，不知在什么时候出现的。

晚风渐渐的大了起来。土围外的树林在簌簌的微语，在凄楚的呻吟。

二

沉默了好久。有几个年轻人打熬不住，已经横躺在地上睡熟了；呼呼的发出鼾声来。金应是其一，他呼噜呼噜的在打鼾，仿佛忘记了睡在什么地方。

文丞相耿耿的光着双眼，一点睡意也没有。他的腿和脚经了好一会的休息，已不怎么酸楚了。

他低了眼光望望杜浒——那位死生与共，为了国家，为了他，而牺牲了一切的义士。杜浒的眼光恰恰也正凝望着他。杜浒哪一刻曾把眼光离开了他所敬爱的这位忠贞的大臣呢！

"丞相，"杜浒低声的唤道，"不躺下息息么？"他爱惜的提议道。

"杜架阁，不，我闭不上眼，还是坐坐好。你太疲乏了，也该好好的睡一会儿。"

"不，丞相，我也睡不着。"

文丞相从都城里带出来的门客们已都逃得干干净净了；只剩下杜架阁是忠心耿耿的自誓不离开他。

他们只是新的相识。然而这若干日的出死入生，患难与共，使得彼此的肺腑都照得雪亮。他们俩几成了一体。文丞相几乎没有一件事不是依靠架阁的，而杜架阁也尝对丞相吐露其心腑道：

"大事是不可为的了！吴坚伴食中书，家铉翁衰老无用，贾余庆卑鄙无耻；这一批官僚们是绝对的不能担负得起国家大事的。只有丞相，你，是奋发有为的。他们妒忌得要死，我们都很明白，所以，特意的设计要把你送到鞑子的大营里去讲和。这魔穴得离开，我们该创出一个新的有作为的局面出来，才抵抗得了那鞑子的侵略。这局面的中心人物，非你老不成。我们只有一腔的热血，一双有力的手腕。拥护你，也便是为国家的复兴运动而努力。"

丞相不好说什么，他明白这一切。他时刻的在罗致才士俊侠们。他有自己的一支子弟兵，训练得很精锐；可惜粮饷不够——他是毁家勤王的——正和杜浒相同。人数不能多。他想先把握住朝廷的实权，然后徐图展布，彻底的来一次扫荡澄清的工作。然而那些把国家当作了私家的产业，把国事当作了家事的老官僚们，怎肯容他展布一切呢！妒忌使他们盲了目。"宁愿送给外贼，不愿送给家人"，他们是抱着这样的不可告人的隐衷的。文天祥拜左丞相的谕旨刚刚下来，他们便设下了一个毒计。

蒙古帅伯颜遣人来邀请宋邦负责的大臣到他军营里开谈判。

这难题困住了一班的朝士们，议论纷纷的没有一毫的定见。谁都没有勇气去和伯颜谈判。家铉翁是太老了，吴坚是右丞相，政府的重镇，又多病，也不能去。这难题便落在文天祥的身上。他是刚拜命的左丞相，年刚气锐，足以当此大任。大家把这使命，这重责，都想往他身上推。

"谁去最能胜任愉快呢？"吴坚道。

"这是我们做臣子的最好的一个效力于君国的机会，

我倒想请命去，只可惜我是太老了，太老了，没有用。"家铉翁喘息的说道，全身安顿在东边的一张太师椅上。

"国家兴亡，在此一举，非精明强干，有大勇大谋的不足以当此重任。"贾余庆献谀似的说，两眼老望着文天祥。他是别有心事的：文天祥走了，左丞相的肥缺儿便要顺推给他享受了，所以他怂恿得最有力。

朝臣们纷纷的你一言我一语的，都互相在推诿，其意却常在"沛公"。

那纷纷营营的青蝇似的声响，都不足以打动文天祥的心，在他的心里正有两个矛盾的观念在作战。

他不曾预备着要去，并不是退缩怕事。他早已是准备着为国家而牺牲了一切的。但他恐怕，到了蒙古军营里会被扣留。一身不足惜，但此身却不欲便这样没有作用的给糟蹋掉。

当陈宜中为丞相的时候，伯颜也遣人来要宜中去面讲和款，那时天祥在他的幕下，再三的净谏道：

"相公该为国家自重。蒙古人不可信，虎狼之区万不宜入。若有些许差池，国家将何所赖乎？"

宜中相信了他的话，不曾去。

如今这重担是要挑在他自己的身上了。他要为国家惜此身。他要做的事比这重要得多。他不愿便这样轻忽的牺牲了，他还有千万件的大事要做。

他明白自己地位的重要，责任的重大。他一去，国家将何所赖乎？杜浒，他的新相识的一位侠士，也极力的阻止他去；劝他不要以身入虎口。杜浒集合了四千个子弟兵，还有一腔的热血，要和他合作，同负起救国的责任。也有别的门客们，纷纷扰扰的在发挥种种不同的意见。但他相信，纯出于热情而为远大的前途作打算者，只有一个杜浒。

然而，文天祥在右丞相吴坚府第里议事时，看见众官们的互相推诿，看见那种卑鄙龌龊的态度，临难退缩，见危求脱的那副怯懦的神气，他不禁觉得有些冒火。他的双眼如铜铃似的发着侃侃的恳挚的光亮。他很想大叫道：

"你们这批卑鄙龌龊的懦夫们呀，走开；让我前去吧！"

然一想到有一个更大的救国的使命在着，便勉强的把那股愤气倒咽了下去。他板着脸，好久不开口。

但狡猾如狐的贾余庆，却老把眼珠子溜到他身上来，慢条斯理的说道：

"要说呢，文丞相去是最足以摧折强虏的锐锋——不过文丞相是国家的柱石————"

他很想叫道："不错，假如我不自信有更重要的使命的话，我便去了！"

然终于也把这句不客气的话强咽了下去。

"文丞相论理是不该冒这大险。不过……国家在危急存亡之候，他老人家……是最适宜于担着这大任的。"吴坚也吞吞吐吐的应和着说道。

一个丑眉怪目的小人，刘岊，他是永远逢迎着吴坚、贾余庆之流的老官僚的，他挤着眼，怪惹人讨厌的尖声说道：

"文丞相耿耿忠心，天日可鉴；当此大任，必不致贻国家以忧戚。昔者，富郑公折辱辽寇……"

"彼一时也，此一时也，……方张的寇势，能以一二语折之使退么？这非有心雄万夫的勇敢的大臣，比之富郑公更……"贾余庆的眼锋又溜到文天祥的身上，故意的要激动他。

对于这一批老奸巨猾们的心理，他是洞若观火的。他实在有些忍不住，几乎不顾一切的叫道：

"我便去！"

他究竟有素养，还是沉默着，只是用威严有棱的眼光，来回的扫在贾余庆和刘岊们的身上。

一时敞亮的大厅上，鸦雀无声的悄静了下来，虽然在那里聚集了不下百余个贵官大僚。

空气石块似的僵硬，个个人呼吸都艰难异样。一分一秒钟，比一年一纪还难度过。

还是昏庸异常的右丞相吴坚打破了这个难堪的局面。

"文丞相的高见怎样呢？以丞相的大才，当此重任，自能绰有余裕，国家实利赖之。"

他不能不表示什么了。锋棱的眼光横扫过一堂，那一堂是行尸走肉的世界；个个人都低下了眼，望着地，仿佛内疚于心，不敢和他的锐利如刀的眼光相接触。他在心底深喟了一声，沉痛的说道：

"如果实在没有人肯去，而诸位老先生们的意见，都以为非天祥去不可的时候，天祥愿为国家粉碎此无用之身。唯恐嚣张万状的强虏，未必片言可折耳。"

如护国的大神似的，他坐在西向一张太师椅上。西斜的太阳光，正照在他的身上，投影于壁，硕大无朋，正足以于影中笼罩此群懦夫万辈！

个个人都像从危难中逃出了似的，松了一口气。

文天祥转了一个念，觉得毅然前去，也未尝不是一条活路。中国虽曾扣留了北使郝经到十几年之久——那是贾似道的荒唐的挑衅的盲举，但北廷却从不曾扣留过宋使。奉使讲和的人，从不曾受过无礼的待遇。恃着他自己的耿耿忠心，不惧艰危，也许可以说服伯颜，保全宋室，使它在不至过分难堪的条件之下，偷生苟活了若干时，然后再徐图恢复、中兴。这未必较之提万千壮丁和北虏作孤注一掷的办法便有逊。这也是一个办法。即使冒触虏帅而被羁，甚至被杀，还不是和战死在战场上一样的么？人生总有一个死，随时随处无非可死之时地，为国家，个个人都该贡献了他的生命，而如何死法，却不是自己所能自主的。为政治活动者，正像入伍当一个小小的兵丁，自己是早已丧失了自由的——自己绝对没有选择死的时和地的自由。

况且北虏的虚实，久已传闻异辞，究竟他们的军队是怎样的勇猛，其各军的组织是怎样的，他们用什么方法训练这长胜之军，一切都该自己去仔细的考察一下，作为将来的准备。那末，这一行，其意义正是至重且大。

这样一想，他便心平气和起来，随即站起身来，说道：

"诸位老先生，事机危矣，天祥明天一早便行；现在还要和北使面谈一切。失陪了。"

头也不回的，刚毅有若一个铁铸的人，踏着坚定的足步离开大厅而去。

三

想不到北虏居然出乎例外的会把他羁留着。

杜浒听见了他出使的消息，焦急的只顿足。见了他，只是茫然若有所失；也更说不出什么刺激或劝阻的话来。他觉得，这里面显有极大的阴谋。他不相信文丞相不明白。他奇怪的是，丞相为什么毅然肯去。

"难道我们的计划便通盘打消了么？"他轻喟的对天祥说道。

"不过，这一着也是不得已的冒险的举动——战争还不像赌博，每一次都在冒险么？我们天天都要准备站在最前线，又何妨冒这一次险。其实，我的目的还在观北虏的虚实——你明白我的心事，我去了，你要加紧的训练着军士。更艰危的责任，是在你们的身上！"天祥说着，有些黯然，他实在莫测自己此行的前途。

杜浒瞿然的跳叫道："不然，不然！丞相在，国便在！丞相去了，国事将靠谁支持？吴坚、贾余庆……不，不，他们岂是可以共事的人！丞相既然决心要出使，那末我也随去，也许有万一的帮助。假如北房有万一不测的举动，我们得设法躲逃。丞相以一身担国家大事，为责甚重，决不可视自身过轻。要知道我们的身体，已许于国，便是国家的，而不是自己的了！……至于我的子弟兵，那很容易措置，还不是有我的族弟杜渚在统率着么？他是不会误事的。"

天祥热切的握住了杜浒的手，感动得说不出话来，良久，才道：

"杜义士，我是国之大臣，应该为国牺牲。义士何必也随我冒这大险呢？"

"不，不，我此身是属于国的，也是属于丞相的。丞相的安危，便是国家的安危！我要追随着丞相的左右，万死无悔！"他的眼眶有些泪点在转动。

天祥很兴奋，知道宋朝还不是完全无人！天下的壮士们是尽可以赤诚热血相号召的。同时奋然自拔，愿和他同去的，又有门客们十余人，随从们十余人。

想不到一到北营便失了自由，一切计划，全盘的被推翻。北虏防御得那末周密，他们的军士们是那末守口如瓶。天祥们决无探访一切的可能。他们的虚实是不易知的。但所可知的是，他们已下了一个大决心，要掠夺南朝的整个江山，决不是空言所能折服的。

他对伯颜说了上千上万的话；话中带刺，话里有深意。说得是那末恳切，那末痛切，说得是那末慷慨激昂，不亢不卑，指陈利害是那末切当；听得北虏的大将们，个个人都为之愕然惊叹。他们从不曾遇到那末漂亮而刚毅的使臣。

他们在中央亚细亚，在波斯，在印度，灭人国，墟人城，屠毁人的宗社，视为惯常不足奇的事。求和的，投降的使臣们不知见了千千万万，只有哀恳的，诉苦的，卑躬屈节的，却从来不曾见过像这位蛮子般的那末侃侃而谈，旁若无人的气概。

出于天然的，他们都咬指在口，啧啧的叹道：

"好男子，好男子！"

伯颜沉下了脸，想发作，终于默默无言。几次的争辩的结果，伯颜是一味敷衍，一味推托；总说没有推翻南朝的社稷之心，总说绝不会伤害百姓，总说要听命于大皇帝。但文天祥现在是洞若观火的明白蒙古人的野心；他们不像过去时代的辽、金，以获得一部分的土地和多量的岁币与贿赂为满足的。挡在蒙古人铁蹄之前的，决不会有完整的苟全的一片土。他们扫荡，排除，屠杀一切的障碍，毫不容情，毫不客气。在他们的字典里没有"怜恤"这一个名辞。

文天祥警觉到自己这趟的劳而无功，也警觉到自身的危险，然而他并不气馁。条件总是谈判不下，蒙古兵不肯退，也不叫文天祥回去，只是一天天的敷衍推托着。派他们二个贵族的将官们，天天同天祥作馆伴，和他上天下地的瞎聊天。趁着这个机会，文天祥恳切的把能说的，该说的话都说尽了；说到了南朝的历代深仁厚泽，说到了南方人民们的不易统治，说到了蒙古人之必不能适宜于南部的生活，说到了几代以来南朝与蒙古皇帝的真诚的合作，说到了南北二朝有共存共荣的必要。他几乎天天都在热烈的游说、辩难着。

那两位贵酋，也高高兴兴的和天祥折难，攻驳，但一到了紧要关头，便连忙顾左右而言他，一点儿真实的意见也不肯表示。蒙古人集重兵于临安城下，究竟其意何居呢？讲和或要求投降？谁都没有明白的表示。

然而在那若明若昧，闪闪烁烁的鬼祟态度之下，文天祥早看穿了他们的肺腑。他们压根儿便没有讲和的诚意。已经快到口的一块肥肉，他们舍得轻易放弃了么？

捉一个空，天祥对杜浒低声的叹息道："北虏此来，志不在小。只有拼个你死我活的份儿；决没有可以苟全之理！饶你退让到绝壁，他们也还是要追迫上来的。讲和，只是一句门面话。我懊悔此行。以急速脱出为上策。此事只可和君说！走！除了用全力整军经武和他们周旋之外，没有第二条路可走！"

杜浒慷慨的说道："一切都会在意，我早就看穿了那些狼子们的野心了！"

坚定的眼光互相凝望着。他们的前途明明白白的摆放在那里；没有踌躇、徘徊、退缩、躲避的可能。

四

从降臣吕师孟叔侄到了军中，北虏的情形益加叵测。大营里天天有窃窃私语声，不知讲论些什么。一见到文天祥走近，便都缄口不言。天祥好几次求见伯颜，欲告辞归之意，只是托辞不见，故意拖延了下去。告二贵酋，要求其转达，也只是唯唯诺诺的，不置可否。而防卫加严，夜间门外有了好几重的守卫。铁甲和兵器的铿锵相触声，听得很清楚。

终于见到了伯颜。天祥直前诉斥其失信："说是送我归朝，为何还迟延了下去呢？有百端的事待理。便讲和未成，也该归朝和诸公卿商议，明奏皇上，别定他计。为什么明以馆伴相礼，而实阴加监视呢？"

伯颜只以虚言相慰。天祥声色俱厉在呵责，求归至切。吕文焕适在旁坐，便劝道：

"丞相且请宽心住下，朝事更有他人可理会，南朝也将更有大臣来请和。"

天祥睁目大怒，神光睒睒可畏，骂道："你这卖国的乱贼，有何面目在此间胡言乱语！恨不族灭你！只怪朝廷失刑！更敢有面皮来做朝士？汝叔侄能杀我，我为大宋忠臣，正是汝叔侄周全我。我又不怕！"

北酋们个个都动容，私语道："文丞相是心直口快男子心！"

文焕觉得没趣，半晌不响。然天祥却因此益不得归。

文焕辈私语伯颜道："只有文某是有兵权在手的，人也精明强干；羁留住了他这人，他们都不足畏了。南朝可传檄而定。"伯颜也以为然。

五

那一夜，天容黑得如墨，浓云重重叠叠的堆拥在天上。有三五点豆大的雨点，陆陆续续的落下。窗外芭蕉上渐有淅沥之声，风吹得檐铃间歇的在作响。

窗内是两支大画烛在放射不同圈影的红光。文天祥坐在书桌前，黯然无欢，紧蹙着双眉，在深思。

唆都，那二贵酋之一，也坐在旁边，在翻阅他的带来的几本诗集，有意无意的说道：

"大元将兴学校，立科举。耶律大丞相是最爱重读书人的。丞相，您在大宋为状元宰相，将来必为大元宰相无疑！不像我们南征北讨的粗鲁人……"

"住口！"天祥跳起来叫道，"你们要明白，我是大宋的使臣！国存与存，国亡与亡！我心如铁如石，再休说这般话！"他的声音因愤激之极而有些哽咽。

"这是男子心，我们拜服之至！只是天下一统，四海同家，做大元宰相，也不亏丞相您十年窗下的苦功。国亡与亡四个字且休道！我们大元朝有多少异族的公卿。"

天祥坚定的站在烛影之下，侃侃的说道："我和你们说过多少次了，我是大宋的使臣，我的任务是来讲和！生为大宋人，死为大宋鬼！再休提那混账的话。人生只有一个死；我随地随时都准备着死。迫紧了我，不过是一死。北廷岂负杀戮使臣之名！"

忙右歹连忙解围道："我们且不谈那些话。请问大宋度宗皇帝有几子？"

天祥复坐了下来，答道："有三子。今上皇帝是嫡子。一为吉王，一为信王。"

"吉王，信王，今何在呢？"

"不在这都城之内。"

忙右歹愕然道："到哪里去了呢？"

"大臣们早已护送他们出这危城去了！"

唆都连忙问道："到底到了哪里？"

"不是福建，便是广东。大宋国疆土万里，尽有世界在！"

"如今天下一家，何必远去！"

"什么话！我们不知道什么叫做降伏；即使攻破了临安，我们的世界还有在！今上皇帝如有什么不测，二王便都已准备好，将别立个朝廷。打到最后一人，我们还是不降伏的！还是讲和了好，免得两败俱伤。贵国孤军深入，安见不会遇到精兵勇将们呢？南人们是随地都有准备的。"

唆都不好再说下去，只是微笑着。

门外画角声呜呜的吹起，不时有得得的马蹄声经过。红烛的光焰在一抖一抖的，仿佛应和着这寒夜的角声的哀号。

六

接连的几天，北营里纷纷扰扰，仿佛有什么大事发生。杜浒和小番将们是很接近的，但也打听不出什么。

天祥隐约的听到入城的话，但问起唆都们时，他们便都缄口不言。

伯颜是更不容易见到了。连唆都、忙右歹也忙碌起来，有时半天不见面，好像到什么地方。归来总是一身汗，像骑马走了远路似的。

天祥知道一定有什么变故。他心里很不安，夜间，眼光灼灼的睁着，有一点声响便侧耳细听。

有一夜，他已经睡了，唆都、忙右歹方才走了进来，脱了靴。仿佛是忙右歹，低语道："文丞相已经熟睡了吧？这事，大家瞒得他好，吕家叔侄也说，万不可让他知道。"

"如今大事已定，还怕他知道做什么！"唆都粗声的说。

天祥霍地坐起身来，心脏蓬蓬的像在打鼓，喉头里像有什么东西塞住，一股冷气透过全身，整个人像跌落在冰窖里。

"什么！你们瞒的是什么事？"

忙右歹连忙向唆都做眉眼，但唆都不顾的说道：

"我告诉您丞相了吧，如今大事已定，天下一统了！我大元军已经进了贵国都城。贵皇上拜表献土，并诏书布告天下州郡，各使归附。我大皇帝和大元帅宽厚仁慈，百姓们丝毫不扰，社稷宗庙可以无虞。不过纳降大事，大元帅已请贵国吴相，贾相，谢枢密，家参政，刘同知五人，为祈请使奉表大都，恳请大皇帝恩恤保存！"

"这话真的么？"天祥有些晕乱，勉强的问道。

"哪有假的！我们北人从来说一是一。"

天祥像在云端跌到深渊之下；身体有些飘忽，心头是欲呕不呕，手足都战抖着，面色苍白得可怕。挣扎得很久，突伏在桌上大哭起来。

血与泪的交流；希望与光明之途，一时都塞绝。他不知道怎么办好！此身如浮萍似的无依。只欠一死，别无他途。

那哭声打动得唆都们都有些凄然，但谁都不敢劝。红烛光下，透吐出一声的哀号，在静夜，凄厉之至！

门外守卫的甲士们，偶然转动着刀矛上的铁环，发出丁丁之声。

唆都防卫得更严，寸步都不敢离开，怕天祥会有什么意外。

<h1 style="text-align:center">七</h1>

杜浒凑一个空，来见天祥。天祥的双眼是红肿着，清秀的脸上浮现着焦苦绝望的神色。

杜浒的头发蓬乱得像一堆茅草，他从早起便不曾梳洗。

低声的谈着。

"我们的子弟兵听说已经从富春退到婺、处二州去了；实力都还不曾损。"杜浒道。

天祥只点点头，万事无所容心的。

"吴坚、贾余庆辈为祈请使北上，不知还能为国家延一线之脉否？最可怜的是，那末颊老的家参政，也迫他同行。丞相明天也许可以见到他们。"

天祥默然的，不知在打什么主意。他的心是空虚的。一个亡国的被羁的使臣，所求的是什么呢？

"但还有一个更重要的消息：虽诏书布告天下州郡，各使归附北廷。但听说，肯奉诏的很少，忠于国的人很多。两淮、浙东、闽、广诸守将都有抗战到底的准备，国家还可为！"

天祥像从死亡里逃出来一样，心里渐有了生机；眼光从死色而渐恢复了坚定的严肃。

"那末，我们也该有个打算。"

"不错，我们几个人正在请示丞相，要设法逃出这北营，回到我们的军队里去。"

"好吧，我们便作这打算。不过，要机密。如今，他们是更不会放我归去的了；除了逃亡，没有其他的办法。"

杜浒道："我去通知随从们随时准备着。"

"得小心在意！"

"知道的。"

就在这一天下午，伯颜使天祥和吴坚、贾余庆辈一见。

"国家大事难道竟糟到这样地步了么？"天祥一见面便哭起来。

相对泫然。谁也不敢说话。

"老夫不难引决；唯有一个最后的希望，为国家祈请北主，留一线命脉。故尔偷生到此。"家铉翁啜泣道。

"北廷大皇帝也许可以陈说；伯颜辈的气焰不可向迩，没有什么办法。所以，为社稷宗庙的保全计，也只有北上祈请的一途。"贾余庆道。

天祥不说什么。沉默了一会。

唆都跑了来，传达伯颜的话道："大元帅请文丞相也偕同诸位老先生一同北上。"

天祥明白这是驱逐他北去的表示。在这里，他们实在没有法子安置他。但这个侮辱是太大！伯颜可以命令他！他不在祈请使之列，为何要偕同北上呢？

他想立刻起来呵责一顿；他决不为不义屈！他又有了死的决心。北人如果强迫他去，他便引决，不为偷生。

但这时是勉强的忍受住了，装作不理会的样子。

那一夜，他们都同在天祥所住的馆驿里。天祥作家书，仔细的处分着家事。

那五位，都没有殉国的决心。家铉翁以为死伤勇；祈而未许，死还未晚。吴坚则唯唯诺诺，一点主见也没有。贾余庆、谢堂、刘岊辈口气是那末圆滑，仿佛已有弃此仕彼的心意，只是不好说出口。

杜浒，在深夜里，匆匆的到了天祥寝处，面有喜色的耳语道："国事大有可为！傍晚时，听说陈丞相、张枢密已有在永嘉别立朝廷的准备了；这是北兵的飞探报告的。伯颜很恐慌。"

"如天之福！"天祥仰天祷道。

他的死志又因之而徘徊隐忍的延下来。而逃亡之念更坚。

"有希望逃出么？"

杜浒摇摇头。"门外是三四重的守卫。大营的巡哨极严，行人盘查得极紧密。徒死无益。再等一二天看。"

"名誉的死"与"隐忍以谋大事"的两条路，在天祥心里交战了一夜。

"我们须为国家而存在，任何艰危屈辱所不辞！"他喃喃的梦语似的自誓道。

第三天，他们走了，简直没有一线的机会给天祥逃走。他只好隐忍的负辱同行。他的同来的门客都陆续的星散了。会弹古琴的周英，最早的悄悄的溜走。相从兵间的参谋顾守执也就不告而别。大多数的人，都是天祥在临行之前遣散了的。他们知道这一去大都，凶多吉少，便也各自打算，挥泪而别。不走的门客和随从们是十一个。杜浒自然是不走，他对同伴们说道：

"丞相到哪里去，我也要追随在他的左右。我们还有更艰巨的工作在后面。"

一个路分，金应，从小便跟在天祥身边的，他也不愿走，他是刚过二十的少年，意气壮盛，有些膂力。

"我们该追随丞相出死入生，为国尽力！"他叫道。

十一个人高声的举手自誓，永不相离。天祥凄然的微笑着；方棱的眼角有些泪珠儿在聚集，连忙强忍住了。

"那末，我们得随时准备着。说不定什么时候有事，我们应该尽全力保护丞相！"杜浒道。

仗节辞王室，悠悠万里辕！

诸君皆雨别，一士独星言！

啼鸟乱人意，落花销客魂。

东坡爱巢谷，颇恨晚登门。

杜浒悄悄的对天祥道："我们等机会；一有机会，我们便走；疾趋军中，徐图恢复！路上的机会最多；请丞相觉醒些。一见到我的暗号，便当疾起疾走！"

"知道，我也刻刻小心留意。"

那一夜，船泊在谢村。他们上岸，住在农家。防御得稍疏。到了北营之后，永不曾听见鸡啼。这半夜里，却听得窗外有雄鸡长啼着。觉得有些异样，也有些兴奋。

他们都在灯下整理应用的杂物；该抛的抛下，该带的带着，总以便于奔跑为第一件事。灯下照着憧憧往来的忙乱的人影，这是一个颇好的机会。

杜浒吩咐金应道："到门外看看有什么巡逻的哨卒没有？"

金应刚一动足，突闻门外有一大队人马走过，至门而停步，把破门打得嘭嘭的响。

吃了一惊，那主人战抖的跑去开门。一位中年的北方人，刘百户奉了命来请天祥立刻下船。同来的有二三十个兵卒，左右的监护着。那逃走的计划只好打消。

但刘百户究竟是中国人，听了婉曲的告诉之后，便不十分的迫逼，竟大胆的允许到第二天同走。然防卫是加严了。

不料到了第二天清晨，大酋铁木儿却亲驾一只船，令一个回回人命里，那多毛的丑番，立刻擒捉天祥上船。那种凶凶的气势，竟使人有莫测其意的惶惑。杜浒、金应都哭了。他们想扑向前去救护。

天祥道："没有什么，该镇定些。他们决不敢拿我怎样的。此刻万事且须容忍。以蛋碰石，必然无幸！"

他们个个人愤怒得目眦欲裂。可惜是没有武器在手，否则，说不定会有什么流血的事发生。

且拖且拉的把天祥导上了船，杜浒们也荷着行李，跟了上去。在船上倒没有什么，只是防备甚严。为祈请诸使乘坐的几只船都另有小舟在防守着；随从们上下进出，都得仔细的盘查，搜检。他们成为失了自由的人了！

听说刘百户为了没有遵守上令，曾受到很重的处分。几个色目人乘机进谗，说是中国人居心莫测，该好好的防备着。所以重要的兵目、首领，都另换了色目人。

八

那一夜，仍宿在岸上。有留远亭，北酋们设酒于亭上，请祈请诸使列坐宴饮。亭前燃起了一堆火。他们还忘不了在沙漠里住蒙古包的习惯。贾余庆在饮酒中间，装疯作傻，诋骂南朝人物无所不至，用以献媚于铁木儿。那大酋只是吃吃的笑。

更荒唐的是刘岊，说尽了平常人不忍出口的秽亵的话；只是想佞媚取容。诸酋把他当作了笑具。个个人在取笑他，以他为开玩笑的鹄的。他嘻嘻的笑着，恬然不以为耻。

天祥掉转了头，不忍看。吕文焕悄悄的对天祥道：

"国家将亡，生出此等人物，为南人羞！"

他并不答理文焕。半闭目的在养神，杂碎的笑语，充耳不闻，笑语也掷不到他的一个角隅来。

突然的一个哄堂的大笑。站在身边的杜浒顿足道："太该死了！太该死了！假如有地缝可钻，我真要钻下去了。"

天祥张开了眼。不知从什么地方携来了一个乡妇，丑得可怕，但和北人甚习，恐怕是被掳来已久。北酋们命这乡妇踞坐在刘岊的身上，刘岊居然和她调戏。

一个贵酋指挥道："怎么不抱抱这位老先生呢？"

乡妇真的双手抱住了他，咬唇为戏。刘岊还笑嘻嘻的随顺着。连吴坚也觉得难堪。

天祥且悲且愤的站了起来，踏着坚定的足步而去。吴坚、家铉翁、贾余庆也起而告辞。

远远的还听见亭上有连续的笑声，不知这活剧要进行到什么时候。

九

船到了镇江，诸祈请使和护送的北军们都暂扎了下来。镇江是一个四通八达的所在；对岸的扬州和真州都还在南军手里。北方的大军都驻在瓜州一带，在监视扬、真两军的举动。镇江的军队并不多。

天祥们在这里比较的可以自由。他住在一个小商店的楼上。杜浒们也随在左右。他们是十二个。

江上的帆船往来不绝，天祥天天登楼望远，希望能够得到一只船，载渡他们向真州一带去。一到了那里，他们便可脱险了。这事，杜浒担任下全责。

他天天上街打听消息。同伴们里有一个真州人余元庆，他熟悉这里的风土，也同在策划一切，杜浒道：

"这里再不走脱，更向北走，便不会有可脱之途了。但这事太危险。我准备以一死报丞相！"

天祥在袖中取出一支小匕首来，说道："我永远的带着这匕首，事不济，便以此自杀，决不再北行！"

如颠狂的人似的，杜架阁天天在酒楼闹市上喝酒胡闯。见一可谋的人，便强拉他为友，和他同醉。醉里，谈到了南朝的事，无不兴奋欲图自效。他便很大胆的倾心腑与之商谋，欲求得一船，为逃遁计。那人也慷慨激昂的答应了。

然而空船永远没有。所有的空船，都已为北军所封捉。往来商艇，几已绝迹。江上纷纷藉藉的不是北军的粮船，便是交通艇。每只船上都有"鞑子"或回回督压着。那当然是谈不到什么租赁的话，更不必说同逃。

这样的，杜浒见人便谈，一谈便商谈到租船的事；所商的不止十个人，还是一点影子都没有。

已经有了北行的消息。在这几天里，如果不及速逃出，那逃出的希望便将塞绝。

天祥天天焦急的在向杜浒打听，杜浒也一筹莫展的枉在东西奔走，还是没有丝毫的好消息。

说是第二天便要请祈请使们过江到瓜州，再由那边动身北去。

"再不能迟延下去了！怎么办呢？"天祥焦虑的说道。

"能同谋的人们，都已商量到的了，还是没有影响；昨天有一个小兵，说是可以尽力；他知道有一只船，藏在某地，可以招致。但到了晚上，他悄悄的来了，一头的大汗，劳倦得喘不过气来。那只船却不知在什么时候已被北军封去了。"

默默无言的相对着，失望的阴影爬上每个人的心头，每个人的心头都觉得有些凉冰冰的。

"只有这一个绝着了！"余元庆，一个真州人，瘦削多愁，极少开口，道："我有一个很好的朋友，不见已久，前天忽然在街头遇见了，还同喝了一回酒，他告诉我，他现在北船里为头目。姑且和他商议看。事如可成，这是丞相如天之福；事不完成，为他所泄，那末，我们便也同死无怨！"

"只有走这末一个绝着了。"杜浒道。

"我已决意不再北行了；不逃出这里，便死在这里！"天祥坚决的说道，"只是诸位的意思怎样？"

"愿随丞相同生同死！"金应宣誓似的叫道。

"我们也愿随丞相同生同死!"余元庆和其他八个人同声说道。

他们是十二个。

"谁泄露此消息者,谁逃避不前者,愿受到最残酷的终局!"杜浒领导着宣誓说。

空气是紧张而又亲切,惶恐而又坚定。

十

余元庆在夕阳西下的时候,去访问他的旧相识吴渊,那位管那只北船的头目。吴渊热烈的欢迎他。

"难得您在这个时候光临。伙计,去打些酒来,买些什么下酒的菜蔬,我们得畅快的谈谈。"

"不必太费心了,只是说几句便走。"余元庆道。但也不拦阻伙计的出去。

"连年来很得意吧,吴哥。"余元庆从远处淡淡的说起。

吴渊叹了一口气:"不必提了,余哥;活着做亡国奴,做随了降将军而降伏的小卒,有什么意思!想不到鲍老爷那末轻轻易易的便开了城门迎降,牵累得我们都做了不忠不义之徒,臭名传万世!还不如战死了好!最难堪的是，得听鞑子们的呼叱。那批深目高鼻，满脸是毛的回回们更凶暴得可怕。他们也是亡国奴，可是把受到的鞑子们的气都泄在我们的身上。余哥，不瞒您说，您老是大忠臣文丞相的亲人，也不怕您泄漏什么，只要有恢复的机会，我是汤便汤里去，火便火里去，决无反悔！总比活着受罪好！我是受够了鞑子们回回们的气了！一刀一枪的拼个你死我活，好痛快！"

吴渊说得愤激，气冲冲的仿佛手里便执着一根丈八长矛，在跃跃欲试的要冲锋陷阵。他的眼眦都睁得要裂开，那样凶狠狠的威棱，是从心底发出的勇敢与郁愤！"可是咱们失去这为国效力的机会！"说时，犹深有遗憾。

余元庆知道他是一位同心的人，故意的叹口气，劝道："如今是局势全非了；皇帝已经上表献地，且还颁下诏书，谕令天下州郡纳款投诚。我辈小人，徒有一身勇力，能干得什么事！只怕是做定了亡国奴了！"

吴渊愤懑的叫道："余哥，话不是这么说！姓赵的皇帝投了降，难道我们中国人便都随他做了亡国奴！不，不，余哥，我的身虽在北，我的心永远是南向的。我委屈的是和鞑子们周旋，只盼望有那末一天，有那末一个人，肯出来为国家尽力，替南人们争一口气，我就死也瞑目！"说到这里，他的目眶都红了，勉强忍住了泪，说下去：

"余哥，别人我也不说，像文丞相，难道便真的甘心自己送入虎口么？我看，一到了北廷，是决不会让他再归来的。"

余元庆再也忍不住了，热切的感情的捉住了吴渊的手掌，紧握不放，说道：

"吴哥，我们南人们得争一口气！我也再不能瞒住您不说了！文丞相却正是为此事苦心焦虑。他何尝愿意北去，他是被劫持着同走的。在途中，几次的要逃出，都不能如愿。如今是最好的一个逃脱的机会；这个机会一失，再北行便要希望断绝。我此来，正要和吴哥商量这事。难得吴哥有这忠肝义胆！吴哥，您还没有见到像文丞相那末忠贞和蔼的人呢，真是令人从之死而无怨。朝里的大臣们要个个都和他一样，国事何至糟到这个地步呢？还有相从的同伴们像杜架阁、金路分们也都是说一是一的好汉们，可以共患难，同死生的。吴哥，说句出于肺腑的话，要不，我为何肯舍弃了安乐的生涯而甘冒那末可怕的艰危与险厄呢？临来的时候，文丞相亲口对我说过：吴哥如果肯载渡他逃出了北军的掌握，他愿给吴哥以承宣使，并赐白银千两。"

"这算什么呢？救出了自己国里的一位大臣，难道还希冀什么官爵和赏金！快别提这话了。余哥，您还不明白我的心么？"他指着心胸，"我恨不剖出给您看！"

"不是那末说，吴哥，"余元庆说，"我不能不传达文丞相的话，丞相也只是尽他的一分心而已。丞相建得大功业，恢复得国家朝廷，我们相随的人，可得的岂仅止此！且又何尝希冀这劳什子的官和财！我们死时，得做大宋鬼，得眠歇在一片清白的土地上，便已心满意足了。不过，丞相既是这末说，吴哥也何必固拒？"

吴渊道："余哥呀，我们干吧，您且引我去看看丞相，我为祖国的人出力，便死也无怨！至于什么官赐，且不必提；提了倒见外，使我痛心！我不是那样的人！"

余元庆不敢再说下去。那位伙计恰才回来，手里提了一葫芦的酒，一包荷叶包着的食物，放在桌上。

"不喝了吧，余哥，咱们走！"吴渊道。

街上，巡哨的尖兵，提锣击柝，不断的走过。但吴渊有腰牌，得能通行无阻。

"好严厉的巡查！"余元庆吐舌说道。

"整街整巷的都是巡哨，三个人以上的结伴同行，便要受更严厉的盘查。"

余元庆心下暗地着急："怎样能通过那些哨兵的防线而出走呢，即使有了船。"

"一起了更，巡哨们便都出来了；都是我们南人，只是头目是鞑子兵或色目兵。只有他们凶狠，自己人究竟好说话。我这里地理也不大熟悉，不知道有冷僻点的路可到江边的没有？"

"且先去踏路看，"余元庆道，"有了船，在江边，走不出哨线，也没有用处。"

他们转了几个弯，街头巷口，几乎没有一处无哨兵在盘查阻难的。

这把吴渊和余元庆难住了。他们站在一个较冷僻的所在，面对面的观望着，一毫办法也没有。

前面一所倾斜的茅屋里，隐约的露出了灯光。吴渊恍若有悟的，拉了余元庆的手便走："住在这屋里的是一个老军校，他是一个地理鬼，镇江的全城的街巷曲折，都烂熟在他的心上。得向他探问。可是，他是一个醉鬼，穷得发了慌，可非钱不行。"

"那容易办。"余元庆道。

一个老妇出来开了门，那老头儿还在灯下独酌。见了吴渊，连忙站了起来，行了礼，短舌头的说道："吴头目夜巡到这里，小老儿别无可敬，只有这酒，请暖暖冷气。"说时，便要去斟。吴渊连忙止住了他，拉他到门外，说道："借一步说话。"

给门外的夜风一吹，这老头儿才有些清醒。吴渊问道："你知道从鼓儿巷到江边，有冷僻的道儿没有？"

老头儿道："除了我，问别人也不知。由鼓儿巷转了几个弯，——一时也说不清走哪几条小巷，——便是荒凉的所在。从此落荒东走，便可到江岸，可是得由我引道，别人不会认得。"

吴渊低声的说道："这话你可不能对第二个人提，提了当心你的老命！我有一场小财运奉送给你，你得小心在意。明儿，也许后儿的夜晚，有几位客人们要从鼓儿巷到江边来，不想惊动人，要挑冷巷走，由你领路，到了江边，给你十两白银。你要是把这话说泄漏了，可得小心，你逃不出我的手掌心儿！"

老头儿带笑的说道："小老儿不敢，小老儿不敢！"

他们约定了第二天下午再见面。

十一

那一夜把什么事都准备好了。吴渊去预备好船只，桅上挂着三盏红灯，一盏绿灯为号。第二天黄昏时便在船上等候，人一到齐，便开船。

杜浒和余元庆预备第二天一清早便再去约妥那领路的老头儿，带便的先踏一踏路。

一切都有了把握。文天祥整夜的眼灼灼的巴望着天快亮，不能入睡。杜浒也兴奋得闭不上眼。少年的金应，没有什么顾虑，他头脑最单纯，他最乐观，一倒下头便酣睡，如雷的鼾声，均匀的一声声的响着。

邻家第一只早鸡的长啼，便惊动了杜浒；他一夜只是朦朦胧胧的憩息着。

天祥在大床上转侧着。

"丞相还不曾睡么？"杜浒轻声的说道。

"怎么能够睡得着。"

金应们的鼾声还在间歇而均匀的作响。鸡声又继续的高啼几响。较夜间还冷的早寒，使杜浒把薄被更裹紧了些。

但天祥已坐起在床。东方的天空刚有些鱼肚白，夜云还不曾散。但不一会儿，整个天空便都泛成了浅白色，而东方却为曙光所染红。

鸡啼得更热闹。

杜浒也起身来。余元庆被惊动，也跳了起来。

那整个的清晨，各忙着应做的事。

但瓜州那边的北军大营，却派了人来说，限于正午以前渡江。脱逃的计划，几乎全盘为之推翻。

又有一个差官来传说，贾余庆、刘岊们都已经渡江了。只有吴坚因身体不爽，还住在临河的一家客邸里，动弹不得。文天祥乘机便对差官说，他要和吴丞相在明天一早渡江，此时来不及，且不便走路。

那位狞恶的差官，王千户，勉强的答应了在第二天走；但便住在那家店里监护得寸步不离。

天祥暗地里着急非凡，只好虚与敷衍，曲意逢迎。在那永远不见笑容的丑恶的狠脸上，也微有一丝的喜色。杜浒更倾身的和他结纳，斥资买酒，终日痛饮。那店主人也加入哄闹着喝酒。到了傍晚，他们都沉醉了，王千户不顾一切的，伏在桌上便熟睡。店主人也归房憩息。

余元庆引路，和杜浒同去约那老头儿来，但那老头儿也已轰饮大醉，舌根儿有些短，说话都不清楚。杜浒十分的着急，勉强的拉了他走。那老妇人看情形可疑，便叨叨絮絮的发话道："鬼鬼祟祟的图谋着什么事！我知道你们的根柢，不要牵累到我们的老头儿。你们再不走，我便要到哨所去告发了！"

想不到的恐吓与阻碍。杜浒连忙从身边取出一块银子，也不计多少，塞在那老妇人的手上，说道："没有什么要紧的事，请你放心。我们说几句话便回的。这银子是昨天吴头目答应了给他的，你先收了下来。"

白灿灿的银光收敛了那老妇人的凶焰。

老头儿到了鼓儿巷，大家用浓茶灌他几大碗，他方才有些清醒。

"现在便走了么？"杜浒道。

"且慢着，要等到深夜，这巷口有一棚鞑子兵驻扎着，要等他们熟睡了方可走动。出了这巷口，便都是僻冷的小弄，不会逢到巡哨的了。"老头子说道。

王千户还伏在桌上熟睡，发着吼吼的鼾声，牛鸣似的。

谁都不敢去惊动他。他一醒，大事便去，连他的一转侧，一伸足，都要令人吓得一跳。二十多只眼光都凝注在他身上。

一刻如一年的挨过去！听着打二更，打三更。个个人的心头都打鼓似的在动荡，惶惑的提心吊胆着。

"该是走的时候了。"老头儿轻声道，站了起来，在前引路。杜浒小心在意的把街门开了，十几个人鱼贯而出。天上布满了白云，只有几粒星光。不敢点灯笼，只得摸索而前，盲人似的。

街上是死寂的沉静，连狗吠之声也没有。他们放轻了足步，偷儿般的，心肝仿佛便提悬在口里。蓬蓬的心脏的鼓动声，个个人自己都听得见。

老头儿回转头来，摇摇手。这是巷口了。一所破屋在路旁站着，敞开着大门，仿佛张大了嘴要吞下过客。门内纵纵横横的睡着二十多个"鞑子"兵。鼾声如雷的响，在这深夜里，在逃亡者听来，更觉得可怖。

在屋前，却又纵纵横横的系住十多匹悍恶的坐马，明显的是为了挡路用的。一行人走近了，马群便扰动起来，鼻子里嘶嘶的喷吐着气，铁蹄不住的踏地，声音怪响的。

一行人都觉得灵魂儿已经飘飘荡荡的飞在上空，身无所主，只有默祷着天神的护佑。他们进退两难的站在这纵横挡道的马匹之前，没有办法。

亏得余元庆是调驯马匹的惯手，金应也懂得这一行。他们俩战战兢兢的先去驯服那十多匹的悍马，一匹匹的牵过一旁，让出一条大路来，惊累得一头的冷汗，费了两刻以上的时间，方才完事。

他们过了这一关，仿佛死里逃生，简直比鬼门关还难闯。没有一个人不是遍体的冷汗湿衣。文丞相轻轻的喟了一口气。

罗刹盈庭夜色寒，人家灯火半阑珊；
梦回跳出铁门限，世上一重人鬼关！

十二

更生似的，他们登上了船板。立刻便开船。吴渊掌着舵，还指挥着水手们摇橹。

咿咿哑哑的橹声，在深夜里传来，更显得清晰。长江的水，迎着船头，拍拍的作响，有韵律似的。

船里没有点灯，黑漆漆的伸手不见五指。他们是十二个，沉默的紧挤的坐着，不知彼此心里在想什么。

他们并不曾松过一口气，紧张的局面俨然的还存在着。江岸两边，北军的船只织梭似的停泊着，连绵数十里不断。鸣梆唱更，戒备极严。吴渊那只船，就从这些敌船边经过，战兢兢的唯恐有什么人来盘问。

　　想要加速度的闯出这关口，船摇得却像格外的慢。好久好久，还不曾越出那些北船的前面。

　　到了七里江，北船渐渐稀少了。后面是一片的灯光，映在江上，红辣辣的；嘈杂的人声似梦语似的隐约的掷过来。

　　前面是空阔的大江，冷落孤寂，悄无片帆。很远的所在，有一二星红光在间歇的闪烁，大约是渔火吧。

　　江水墨似的黑，天空是闷沉沉的，一点清朗之意都没有。那只船如盲人似的在这深夜里向前直闯；没有灯光，也没有桅火。假如没有橹桨的咿咿声，便像是一只无人的空艇。

　　后方的人声已经听不见，血红的热闹的火光，变成了一长条一长条的红影子，映在水上，怪凄凉的。

　　杜浒长长的吐了一口气，刚要开口说话，却听得江上黑漆漆的一个角隅，发出一声吆喝：

　　"是什么船只，在这夜里走动？"

惊得船上的人们都像急奔的逃难者，一足踏空在林边的陷阱上一样，心旌飘飘荡荡的，不知置身于何所。

船梢上吴渊答道："是河豚船。"

"停止！"那在黑暗里截阻来往船只的巡船的人叫道。

吴渊和水手们手忙足乱的加劲的摇，想逃出这无幸的不意的难关。

巡船上有一个人大叫道："是歹船！快截住它！"

仿佛有解缆取篙的声音。巡船在向吴渊的那只船移动来。吴渊明白，北人所谓"歹船"，便是称奸细或暗探的船只之意，被截住，必定是无幸的。

船上的人们如待决的死囚似的，默不出声，紧紧的挤在一处。文丞相在摸取他袖中的小匕首。如被获了，他不入水则必以此小匕首自刭。

他们那些人冷汗像细珠似的不断的渗透出皮肤之外来。

吴渊的手掌上也粘滑得像塑过油膏。

连呼吸都困难异常。

但巡船终于没有来。这时江水因退潮落得很低，巡船搁浅在泥滩上，急切的下不了水，便也不来追。

江风像呼啸似的在吹过，水面动荡得渐渐厉害起来，白色的浪沫，跳跃得很高。

吴渊道："起风了，快扯上大篷。"

船很快的向前疾驶，不假一毫的人力，水浪激怒的在和船底相冲击。

"大约，像这样的顺风，不到天亮，便可以达到真州城下了。真是亏得江河田相公的护佑！"

大家都方才松了那口气。

船由大江转入运河，风却静了下来。船仿佛走得极慢，水手们出全力摇桨撑篙，有时还上岸几个人，急速的拽缆向前。但心里愈着急，仿佛这船移动得愈慢。天色渐亮，金应、余元庆们都已鼽鼽的入睡，鼾声彼此相应。文天祥却仍是双眼灼灼，一毫睡意也没有。

他怕北船从后面追蹑而来，又怕北兵有哨骑在河岸上，恨不得一篙便到真州城下，始终是提心吊胆的。

远远的在晨光里望见了真州的蜿蜒的城墙。城中央的一座高塔，也可看得到。玫瑰色的曙光正从东方照射在塔顶上。万物仿佛都有了生气。

随从们陆续的从睡里醒来，匆匆的在收拾包裹。

天祥的心里，也像得着太阳光似的，苏生了过来。

但这船不能停泊在城下；潮水正落，船撑不进内河，只好停在五里头。大家起岸，向城走去。城外荒凉得可怕。没有一家茅舍；四望无际，半个人影儿都没有。这一队人，匆匆的急速向城门走去。走的时候，还频频回头，只怕不意的有追骑赶上来，他们成了惊弓之鸟。

吴渊没有同来，他留在船上，要候潮水把船撑到城边来。

但终于不再见到他。听说那一天的正午，有北军的哨马到了五里头。这位忠肝义胆的壮士，其运命是不难知的！

十三

他们是十二个。到了真州城下，恰恰开了一扇城门，放百姓们出来打樵汲水。百姓们都惊怪的围上了他们，东盘西问的。守城的将士们也皆出来了。

杜浒向他们说道："这文丞相在镇江北营里走脱，径来投奔。请哪位到城里去报告太守一声。"

金应叹着气，说道："一路上好不容易脱险！"

一个小头目说道："请丞相和诸位先进了城门。"同时吩咐一个兵卒，立刻去通知苗太守。

天祥和随从们都进了城。城墙并不高，街道也很窄小。行人却拥拥挤挤的，都是乡间逃难来的。商店都半掩上了门，也有完全闭却了的。是兵荒马乱的时候的景象！那位小头目引导着他们向太守衙署走去。

在中途，太守苗再成也正率领了将官们来迎接。他是认识文丞相的，当丞相统兵守平江府时，他曾因军事谒见过几次。

苗太守要行大礼，但天祥把他扶住了。亲切的紧握住了他的手，一时说不出话来，只是不由自主的哀号不已。苗太守也哭了起来。道旁的观者们，也有掩面落泪的。

"想不到今生得再见中国衣冠！真是重睹天日！"良久，天祥感慨的说道，泪丝还挂在眼眶边上。

观者夹道如堵，连路都被塞住了。

"京城已失，两淮战守俱困。丞相此来，如天之福。真州可以有主宰了！虏情，丞相自了如指掌。愿从麾下，同赴国仇！"苗太守婉婉的说道，一边吩咐侍从们在人群里辟出一条路来，让丞相走过。

到了州衙里，苗再成匆匆忙忙的收拾出清边堂，请文丞相暂住。便在堂上设宴款待丞相和同来的人们，诸重要将佐和幕客们也都列席。

在宴席上，苗再成慷慨激昂的陈说天下大事；与宴的，个个人说起蒙古人来，无一不有不共戴天，愿与一拼的悲愤。

"两淮的兵力是足以牵制北军的。士气也可以用。他们本不敢正眼儿一窥两淮。只可惜两淮的大将们薄有嫌隙，各固其围，不能协力合作。天使丞相至此，来通两淮脉络。李公、夏老以至朱涣、姜才、蒙亨诸将，必能弃前嫌而效力于丞相麾下的。某的一支兵，愿听丞相指使。"苗再成出于至诚的说道。

"这是天使中国恢复的机会！有什么可使两淮诸将合作的途径，我都愿意尽力。现在不是闹意气的私斗的时候！合力抗敌，犹恐不及，岂能自相分裂！这事，我必以全力赴之。夏老，某虽不识其人，想无不可以大义动的。李公曾有数面，必能信某不疑。"天祥说道。

"虏兵全集中于浙中；两淮之兵，突出不意，从江岸截之，可获全胜。"再成说道。

"浙江闻有陈丞相主持军事，二王亦在彼，天下义士们皆赴之；闻两淮报，必能出兵追击，虏帅可生致也！"天祥说道。

他们热烈的忠诚的在划策天下事，前途似有无限的光明。幕客们和部将们皆喜跃。大家都以为中兴是有望的，只是不测李、夏诸人的心意。

"有丞相主持一切，李、夏二公必会弃嫌合作无疑。"
一个瘦削的幕客说道。

"但得先致札给他们，约定出兵的路径和计划。"再
成道，"就请丞相作书致夏老、李公和诸郡，再成当以复
帖副之。不出数日，必见分晓。"

就在清边堂上，忙忙碌碌的磨墨折纸，从事于书
札写帖。天祥高高兴兴的手不停挥的把所有的札帖，一
封封的写毕；忠义之怀，直透出于纸背；写得是那末恳
切，那末周至，那末沉痛，那末明白晓畅，就是骄兵悍
将读之，也将为之感泣。

苗再成也追随着忙碌的在写复帖。全堂上只听见
簌簌的笔尖触纸的急促细碎的响声；间以隆隆的磨墨
的动作。

谁都没有敢交谈。然而空气是热烈而亲切，光明而
紧张。一个恢复中原的大计划的轮廓，就摆放在大众之
前；他们仿佛便已看见"鞑子"兵的狼狈败退，汉族大
军的追奔逐北。

杜浒的眼光，不离的凝望在文丞相的身上；他那不
高不矮的身材，蔼然可亲的清秀的面部，一腔的热血赤

诚，在杜浒看来，是那末样的伟大可爱！他望着丞相的侧面。丞相坐在一把太师椅上，手不停挥的在写，热血仿佛便随了笔尖而涌出。虽焦虑用力，但兴奋异常。未之前见的高兴与舒畅。

"也不枉了丞相冒万死的这趟逃出。"杜浒在心底自语道。他也感到充分的快适，像初冬在庭前曝于黄澄可爱的太阳光里一样，光明而无所窒碍。

十四

天天在等待着诸郡的复札。策划与壮谈，消磨了清边堂上的时间。文天祥和他的随从们，这几天来，都已充分的恢复了疲倦，把几天前脱逃的千辛万苦，几乎都忘记干净。只是余元庆，那个瘦削多愁的本地人，却终日在想念着他的朋友吴渊。也曾托几个人到五里头去打听消息，连船都不见。他是遭难无疑。想起了便心痛，却不敢向文丞相提起，怕他也难过。

到了第三天，苗再成绝早的便派人来请丞相，说早食后看城子。天祥很高兴的答应了。

过了一会，一位偏将陆都统来请丞相上小西门城上闲看，杜浒们也都跟随了去。

城是不高，却修建得很坚固；城濠也深，濠水绿得可爱。岸边还拖挂着些未融化尽的碎冰块。微风吹水，粼粼作波，饶有春意。郊原上野草也都有绿态，在一片枯黄里，渐钻出嫩绿的苗头来。只是没有树，没有人家。一望无际的荒原。远处，有几个池塘，映在初阳下，闪耀有光。这怕是可怜的春日孤城的唯一点缀。

天祥觉得胸次很光明，很舒畅，未之前有的放怀无虑。春晨的太阳光，那末晶洁，和暖的晒在他身上。冬衣有些穿不住。春风一阵阵吹拂过城头，如亲切的友人似的在抚摸他的面颊和头发。

但又有一个王都统上了城头，说道："且出到城外闲看。"

他们都下了城，迤逦的走出城外。

"扬州或别的地方有复札来了么？"丞相问道。

"不曾听见说有。"王都统说道，但神气有些诡秘。

良久，没有什么话，天祥正待转身，王都统突然的说道："扬州捉住了一个奸细，他说是逃脱回来的人，供得丞相不好。他在北中听见，有一丞相，差往真州赚城。李公有急帖来，这样说。"

如一个青天的霹雳，当头打得天祥闷绝无言。杜浒、金应立刻跳了起来:"这造谣的恶徒!"几乎要捉住王都统出气。

余元庆叹惋道:"总不外乎北人的反间计。"

来不及听天祥的仔细的问,陆和王已经很快的进了城。小西门也很快的闭上了。

被关在城外,彷徨无措,不知道怎么办好。天祥只是仰天叹息,说不出半句话来。

金应对天哀叫道:"难道会有人相信丞相是给北人用的么?"

杜浒的精悍的脸上,因悲愤而变苍白无人色,他一句话都没有,也无暇去安慰丞相。他不知道自己置身在什么地方,他不曾有过比这更可痛的伤心与绝望。

这打击实在太大了。

他们是十二个。彷徨,徘徊于真州城下,不能进,也不能退。比陷在北虏里更可惨。如今他们是被摈绝于国人!"连北虏都敬仰丞相的忠义,难道淮人偏不信他吗!"金应顿足道。

余元庆的永久紧蹙着的眉头,几条肉纹更深刻的凹入。杜浒如狂人似的,咬得牙齿杀啦杀啦的响。他来回的乱走着,完全失了常态。

"我不难以一死自明。"丞相梦呓似的自语道。

杜浒不说半句话，两眼发直。

突然的，他直奔到城濠边，纵身往濠水里便跳。

金应们飞奔的赶去救。余元庆拉住了他的衣，及时的阻止了他的自杀。

他只是喘着气，不说什么。大家忘记了一切，只是围住了他，嘈杂的安慰着。过了一会，他哇的一声，大哭起来。极端的悲愤，摧心裂肝的伤戚的倾吐！

谁都劝不了他。金应也呜咽的坐在地上，这是他少有的态度。文丞相挂着两行清泪，紧握住杜架阁的手，相对号啕。

荒原上的哭声，壮士们的啜泣，死以上的痛心！这人间，仿佛便成了绝望的黑暗的地狱。太阳光也变得昏黄而凄惨。

城头上半个人影也没有出现。

过度的打击与伤心——有比被怀疑、被摈弃于国人的烈士们更可痛心的事么？——使得他们摇动了自信，灰心于前途的恢复的运命。

颓丧与自伤，代替了悲愤与忠勇。他们甚至怀疑到中国人有无复兴的能力。怀疑与猜忌，难道竟已成了他们不可救药的根性了么？

敌人们便利用了这，而实行分化与逐个击破的不战
而胜的政策。

良久，良久，究竟是文丞相素有涵养，首先挣扎着
镇定了下来。"我不难一死以自明。"他又自语道，"但难
道竟这样的牺牲了么？不，不！这打击虽重，我还经得
起，杜架阁。"他对杜浒道："我们应该自振！危急的国家
在呼唤我们！这打击不能使我们完全灰了心！我们该怜
恤他们的无知与愚昧！但该切齿的还是敌人们的奸狡的
反间！我们该和真正的敌人们拼！一天有生命在着，一
天便去拼！我们不是还健全无恙么！来，杜架阁，不必
再伤心了。敌人们逼迫得愈紧，我们的勇气应该愈大！
诸位，都来，我们且商量个办法，不要徒自颓唐丧志。"
天祥恢复了勇气，这样侃侃的说。

杜浒还是垂头懊丧着；但那一场痛哭，也半泄去了
他的满腔的怨愤。

"只是，这一场伤心事，太可怕了！我宁愿被掳，
被杀于敌人们手里，却不愿为国人所摈弃，所怀疑！"杜
浒叹息道。

"我们准备着要遇到更艰苦的什么呢。这场打击，

虽使我太伤心，但不能使我绝望不前！"天祥道。

他的镇定与自信，给予杜浒们以更挣扎着向前的最后的勇气。

秦庭痛哭血成川，翻讶中原背可鞭。

南北共知忠义苦，平生只少两淮缘！

十五

在悲愤忙乱间，不觉到了晌午。他们还没有想到向哪里去。

太阳光逐渐的强烈起来，晒得他们有些发燥。一片的荒原，没有一株绿树。从早食后，还不曾吃过什么。个个人腹里的饥虫开始有些蠢动，可是连热水都无从得到。

"取最近的一条路，还是向扬州去吧！李庭芝是认识的，见了面，剖析明白，也许误会便可销息。"天祥道。

"扬州是万不可去。说不定，不分皂白的便被当作了奸细。"杜浒说道，他的心还在作痛，怨恨淮将们入骨！

金应饿得有些发惨，他早上吃得太少，急于要随同出来看城子。"就是到扬州去吧。"他道，"死在自己人手里，总比死在鞑子刀下好些。徘徊在这旷原上，总不是一回事。"

"扬州万不可去。"杜浒坚决的说道。

徘徊，彷徨；逐渐向东倒的人影映在荒原上，也显得踌躇仓皇的样子。

小西门开了。金应喜得跳起来，还以为是再迎他们入城。但杜浒却在准备着最后的一着，以为有什么不测。

两个骑士从城里跑了出来，城门随又闭上了。这两骑士到了文丞相面前，并不下马，说是义兵头目张路分和徐路分，奉命来送，"看相公去哪里？"

天祥道："没有办法，只好去扬州，见李相公。"

张路分道："奉苗安抚命，说相公不可到扬州去。还是向他处去好。"

"淮西为绝境，三面是敌。且夏老未见过面；只好听命于天，向扬州去。"天祥道。

二路分道："走着再说。"

茫然的跟随了他们走。城门又开了，有五十人腰剑负弓，来随二路分。他们带了天祥们的衣被包袱来送。行色稍稍的壮旺。但那二路分意似不可测。

余元庆悄悄的向杜浒道："这一带的路径我还熟悉，

刚才走的是向淮西的路，不是到扬州去。且站住了问问看。"

二路分却也便站住了。真州城还蜿蜒的在望。城里的塔，浴在午后的太阳光里，也还挺丽可爱。但天祥的心绪和来时却截然的不同，还带着沉重的被摈斥的悲愤。

那五十名兵拥围住了天祥。二路分请天祥，说是有事商量，请前走几步。杜浒、金应紧跟在天祥身旁，恐有什么不测。

走了几步，他们立在路旁谈。

张路分道："苗安抚是很倾心于相公的；但李相公却信了逃人的话，遣人要安抚杀了丞相。安抚不忍加害，所以差我们来送行。现在到底向哪里去呢？"

天祥道："只是向扬州，也没有别的地方可去。"

"扬州要杀丞相怎样办呢？且莫送入虎口。"

"不，莫管我，且听命由天。"

"但安抚是要我们送丞相到淮西。"

"不，只要见李相公一面。他要信我，还可出兵，以图恢复；如不信我，便由扬州向通州路，道海向永嘉去。"

张路分道："不如且在近便山寨里少避。李相公是决然不会容丞相的。"

"做什么！合煞活则活，死则死，决于扬州城下！"

张路分道："安抚已经预备好一只船在岸下，丞相且从江行。扬州不必去。归南归北都可以。"

李路分只是不开口，恶狠狠的手执着剑把，目注在文丞相身上，仿佛便要拔剑出鞘。金应也在准备着什么。

但天祥好像茫然不觉的；听了张路分的话，却大惊。

"这是什么话！难道苗太守也疑心我！且任天祥死于扬州城下，决不往他处！"

二路分见天祥那末样的坚定与忠贞，渐渐的变了态度。李路分道："说了实话吧，安抚也在疑丞相，他实是差我们见机行事的。但我们见丞相一个恁么人，口口是大忠臣，如何敢杀相公！既是真个去扬州，我们便送去。"

金应对杜浒吐了吐舌头，但他们相信，危险已过，便无戒备的向前走去。他们走上向扬州的大道。

张路分又和丞相说起，丞相走后，真州贴出了安民榜，说是，文相公已从小西门外，押出州界去讫。

天祥听了这话，只有仰天浩叹，心肚里分别不出是苦、辣、酸、甜。

天色渐渐黑了下来。暮霭朦胧的笼罩了四野。四无居民，偶遇有破瓦颓垣，焦枯的柱子还矗立在砖墙里，表现出兵火的余威。

他们肚子里饿得只咕咕的响叫，金应实在忍不住了，便向小兵们求分他们携来的干粮。

二路分索性命令他们，把干粮分些给杜浒们同吃；也把他们自己所带的，献上一份给文丞相。

随走随食，不敢停留一刻。张路分道："经过的都是北境；'鞑子'兵的哨骑，常在这一带巡逻，得小心戒备。"谁都寂寂的不敢说话。

远远的所在，灯火如星光似的一粒粒的现出。张路分指点道："这一边是瓜州，'鞑子'兵大营盘在那里呢。"走了一会，又道："那边的一带灯光，便是扬子桥，'鞑子'兵也防守得很严。"

仿佛听得刁斗的声音，在荒野莽原听来，一声声远远的梆子响，格外凄厉得可怕。

到了二更，离扬州还有二十多里路。二路分却要赶在天明以前回真州城，便告了辞。

他们仍是十二个，在旷野中踯躅着。夜已深，无垠的星空，大圆帐似的罩在大地之上。他们是那样的渺小，在这孤寂的天与地间行走着。

余元庆在前引着路。他久住在扬州，附近一带的道路，比他本乡的真州还要熟悉。

一天的行路，疲倦得要软瘫下来。好容易见到扬州城。两足是拖着走似的，到了西门。城门早已闭上了，等候天明进城的人很多，狼藉的枕卧在地上。左近有三十郎庙，经过兵火，只存墙阶，他们都入庙，躺在地上憩息着。

城头上正打三更。风渐渐的大起来，冷得发抖。金应从衣包里取出棉衣来给文丞相披上。新月早已西下，阶上有冷湿的霜或露。金应们凄凄楚楚的互相依靠着取暖。

他们悄寂的各在默想什么，并不交谈。

不知时间是怎样爬过，城头上又已在打四更。城下候门的人们已有蠢蠢的起身的。城头上也有人在问话，盘诘得极严。杜浒且去杂在他们中间。据说，见得眼生和口声不对的，便当奸细捉了。必须说出城里的住址与姓名来，方得入城。

他回到三十郎庙，对文丞相道："看情形，扬州是进不去，何必入虎口呢！两淮军决无可作为！李庭芝既有急帖到真州要杀丞相，必无好意可知。即使无恙，说服了他，也决不会有什么了不得的作为的，绝对的犯不着牺牲于此。"

天祥的心有点开始动摇。"那末，怎么办好呢？"

"还是趁早的直趋高邮，到通州渡海，归江南。看二主，别求报国之道。"

金应道："这里到通州，有五六百里路呢；一路上都是北军的哨骑，怎么通得过呢？不如死在扬州城下，也胜似死在鞑子手里，何况未必见杀呢！"

杜浒道："你不要忘记了我们是刚从鞑子们掌握中逃脱出来的，在那末严重的守卫之下，我们都能脱出，何况如今呢！虽为路五六百里，决无他虑，只要小心。"

余元庆深思的说道："此地到高邮，有一条僻径，我是认得的。不过要走过许多乱山小路，鞑子们不会知道这些小山路的，想不会遇哨。"

杜浒道："况且我们脱出时，原不曾想在两淮立足，本意不是要南趋永嘉，以图大计么？何必又中途变计！丞相以一身系国家安危，必须自重，万不可错走一步。还有，我们的兵士们也还在婺、处等候着我们呢！"

天祥立刻从地上跳了起来："不错，我见不及此！几乎又走错了一步。那李庭芝，胆小如鼠，决不能有为，我是知道他的；就是肯合作，也不会成功。我们走吧！

向海走去！我们的兵士们在等候着！"

本是疲倦极了的，如今却又要重上征途了。为了有了新的希望，精神重复抖擞着，离开扬州城，斜欹的走去。

十六

整整的走了一天，都是羊肠鸟道，有时简直没有路迹可循。那一带没有山居的人，也没有茅舍小庙，有银子买不到东西充饥，大家饿了一天。金应那小伙子，饥饿得要叫唤起来，但忍住了千万的怨恨，不说什么。

天祥走得喘不过气来，扶在余元庆的身上，勉强的前进。有几次，实在走不动，便像倒了似的，坐在荒草上，一时起不来。休息了好一会，方才再得移动。

到了一个山谷里。夜色不知什么时候已经爬在天上，镰刀似的新月纤秀的挂在东方。

"过了这山谷，便近高邮了，是一条大道。只怕山顶上有哨兵。我们得格外小心。别开口，足步走得轻些，最好躲在岩边树隙里走。"余元庆悄声的说道。

"前面是桂公塘，有个土围，我认得。原是一个大牛栏，如今栏内大约不会有牛匹了。到那里憩息一夜，养好了足力，绝早便走。除此可隐蔽的以外，四望都是空旷之所，万不能住下。有几户山民，不知还住在屋里否？但我们万不可去叩门，鞑子兵也许会隐藏在那里。"余元庆又道，在这条路上，他是一个向导，一个统帅，他的话几乎便是命令。

他们暂时占领了这土围。金应们不一会便都睡着了；只有天祥和杜浒是警醒着。风露渐凉起来，只有加厚衣在身，紧紧的裹住。夜天的星光，彼此在熠熠的守望着，正像他们的不睡。

新月已经西沉，乌云又已被风所驱走。繁星的夜天，依然是说不出的凄美动人。

文丞相和杜浒都仰头向天，好久好久的不言不动。

仿佛已经过了三更天的光景。山道上，远远的传来嘈嘈杂杂的马蹄声。

杜浒警觉的站了起来："不是马蹄声么？"

"这时候难道有哨骑出来？"

"不止数十百骑，那声响是嘈杂而宏大。"

余元庆也被惊醒过来。"是什么声响？"

"决然是马队走过。马蹄踏在山道上的声响，仿佛更近了些。但愿不经过这土围！"

余元庆凄然的说道："只有这一条大道！"

杜浒有些心肺荡动，"这一次是要遭到最后的劫运了！"他自己想道。

骑兵队愈走愈近。宏大而急速的马的蹄声，听得很清晰。金应们也都醒了来，面面相觑，个个人都惊吓得没有人色。

上下排的牙齿，似在相战；膝头盖也有些软瘫而抖动。只有天祥和杜浒还镇定。

天祥又探握着他的小匕首，预备在袖口里。

马蹄声近了，更近了；嘶嘶叱叱的马匹的喷气声也听得到。马上的骑士们的偶发的简语，也明晰可闻。大家都站了起来，以背负土墙而立，仿佛想要钻陷入墙隙里一样。

就在土墙外而走过。一骑，二骑……数十数百骑，陆续的过去。仿佛就在面前经过，只隔了一座墙。土墙有些震撼，足下的地，也似应和着外面的马蹄的践踏而响动着。

总有两刻钟还没有走完。

难堪的恐怖的时间！

"这土围里是什么呢？"明白的听见一个骑兵在说。

"下马去探探看吧！"另一个说。

"这一次是完结了！"杜浒绝望的在心底叫道，全身血液似都冷结住了。

"没有什么，臭得很，快过去吧，左右不过是马栏、牛栏。"又一个说。马蹄得得，很快的过去了。

总有三千骑走过。骑兵们腰上挂的箭筒，喀嗦喀嗦的作响；连这也历落的传入土围之内的他们的耳中。

当最后的一骑走过了时，人人都自贺更生。

马蹄声又渐远渐逝了，山间寂寂如恒。

不知从哪里，随风透过来一声鸡啼。

天色有些泛白，星光暗淡了下来。彼此的手脸都有些辨得出。

"趁这五更天，我们走吧。"余元庆道。

有的人腿足还是软软的。

闯过了山口，幸没遇见哨兵。

山底下是一片大平原，稻田里刚插下秧苗，新碧得可爱。

太阳从东方升起。和蔼的金光正迎面射在他们的身上脸上。有一股新的活力输入肢体。

山背后还是黝黑的，但前面是一片的金光。

英雄未肯死前休，风起云飞不自由！

杀我混同江外去，岂无曹翰守幽州！

———文天祥：《纪事》

黄公俊之最后

最痛有人甘婢仆，可怜无界别华彝！

世上事情如转烛，人间哀乐苦回轮。

周公王莽谁真假？彭祖颜回等渺茫。

凡物有生皆有灭，此身非幻亦非真。

纲常万古恶作剧，霹雳青天笑煞人。

——黄公俊作

一

铁栅的疏影，被夕阳的余光倒映在地上，好像画在地上的金红色的格子。是栅中人在一天中所见的唯一的红光。

江南地方，五六月的天气，终月泛着潮。当足踏在这五尺见方的铁栅的地上时，湿腻腻的怪不舒服。

靠墙边，立着一只矮的木床，只是以几块木板，两条板凳架立了起来的。为了地上潮腻，黄公俊只好终日的拳坐在板床上，双足踏在板沿，便不由得不习惯他的成了抱膝的姿态。

门外卫士们沉默的站着岗，肩扛着铁枪，枪环铿铿的在作响。间或飘进来一两声重浊的湖南的乡音，听来觉得怪亲切的。

仅在夕阳快要沉落在西方的时候，铁栅里，方才有些生气。这时栅中反比白昼明亮。他间或把那双放在床脚的厚草席下的古旧而污损的鞋子取了出来，套在无袜的光脚上，在地上松动松动。为了久坐，腰有点酸。伸直了全身，在踱方步，像被槛闭在笼中的狮或虎，微仰着头颅，挺着胸脯，来回的走着，极快的便转过身，为的只是五尺见方的一个狭的栅。外面卫士们的刀环枪环在铿铿的作响。

这是他从小便习惯了的。他祖父，他父亲都在饭后便到厅前廊下散步。东行到廊的尽处，再回头向西走。刻板似的，饭后必定得走三十多趟。

"会消食的，有益于身体。"祖代，父代，这样悬训的说。

他十岁的时候，便也开始刻板的在练习踱方步。自西向东走，再自东向西走；微仰着头颅，挺着胸脯。有时，祖孙三代，兵士们似的，一排在同走。父亲总让祖父在前一二步。他年幼，足步短，天然的便急走也要落后些。

每一块砖纹都记认得出，每一砖接缝的地方的式样也都熟认。廊上梁间的燕巢和不时的探头出窥的黄口的小燕，也都刻板似的按时出现。

他们默默不响的在踱着方步，一前一后的，祖孙三代。

廊下天井里种的两株梧桐树，花开，子结，叶落，也刻板的按时序变换着。春天到了，一株海棠，怒红了脸似的，满挂着红艳的花朵，映照得人添喜色。天井的东北方，年年是二十多盆菊花的排置的所在。中央是一个大缸，黄釉凸花的，已不知有多少年代了，显得有点古铜色，年年有圆的荷叶和红的荷花向上滋长。

砖隙的泥地上，年年是洒下了凤仙花的细子；不知什么时候，便长出了红的白的凤仙。女人们吵吵嚷嚷的在争着采那花朵，捣烂了染指甲。

　　刻板似的生活，不变，不动。闭了目便可想象得到那一切事物的顺序和地位。

　　有了"小大人"之称的他，随了祖与父在廊下，在饭后，终年，终月的在踱方步。

　　机械式的散步，是唯一的使他杀灭了奔驰的幻想的时间。"小大人"的他，在书塾，或在卧室，那可怖的幻想，永远的灭不去。只有散步时，方把那永远追随着他的那阴影暂时的放逐开。

　　那可怖的阴影是使他想起了便愤怒而焦思的。

　　他的家庭是一个小田主的家庭，原来只是流犯，为了几代的克勤克俭，由长工而爬上了田主的地位。在祖父的幼年，便开始读了书。但八股文的那块敲门砖，永远不能使他敲得开仕宦之门。

　　三十岁上便灰了心。有薄田可耕，不用愁到温饱的问题。他便任意的在博览杂书。

　　他在这里是一个孤姓独户，全部黄姓的嫡系，不上二十多人。什么时候才犯罪而被流放在这卑湿的长沙的呢？

　　这他不明了。但在他父亲断气的前一刻，却遗留给他一个严包密裹的布袱。打开了看时，他才明白他祖先的痛苦的以血书写的历史。

这黄姓，是因了一次的反抗清廷的变乱，在台湾被捕获而流放到这湖南省会的。不知被任意的屠戮了多少人，但这黄姓的祖，却巧于为他自己辩护，说是胁从，方才减轻其罪，流放于此。

好几代的自安于愚昧与苦作。

但黄公俊的祖父，他开始读了书。像一般读书人似的，他按部就班的要将八股型的才学，"货与帝王家"。

灰了心，受了父死的刺激，又不意的读到了血写的家庭的历史，把他整个的换成了另一个人。

他甘心守家园，做一个不被卷入罪恶窝的隐逸之士。

他见到儿子的出生、长成、结婚、生子，他见到他孙子的出生、长成。

他给他们以教育。但不让他们去提考篮，赶岁考，说是年纪太轻。但够了年龄的时候，又说，读书不成器，要使他们改行。其实，只是消极的反抗。

他把那血写的家庭的历史，交给了他儿子，当他懂得人事的时候，同样的也交给了他孙子。

祖孙三代这样的相守着，不求闻达，只是做着小田主。并没有什么雄心大志，只是以消极的憎恶，来表示他们的复仇。

明末的许多痛史，在其中，有许多成了禁书的，这黄姓的三代，搜罗得不少，成了一个小小的史籍的文库。

当深夜，在红晕的豆油灯下，翻阅着《扬州十日记》《嘉定屠城记》那一类的可怖而刺激的记事，他们的心是怦怦的鼓跳着。

感情每被挑拨了起来，红了脸，握拳击桌。但四周围是重重叠叠的酣睡的人们。

只是叹了口气便了。但更坚定了他们不去提考篮的心。

而长沙城驻防的旗军的跋扈与过分优裕的生活，更把那铁般的事实，被压迫的实况，表现得十足，永远在提醒他们那祖先的喋血的被屠杀的经过。

强悍的长沙少年们，时被旗军侮辱着，打一掌，或踢一足；经过旗营时的无端被孩子们的辱骂与抛砖石，更是常事。

愤火也中烧着；但传统的统治的权威抑止了他们的反抗。

"妈的！"少年们骂着，握紧了拳头，但望了望四周围，他们不得不放下了拳，颓丧的走了开去。

在这样的空气里，黄公俊早熟的长大了，受到了过分的可怖的刺激。

憧憧的被屠杀的阴灵们，仿佛不绝的往来于他梦境中。有时被魇似的做着自己也在被屠之列而挣扎不脱的噩梦，而大叫的惊醒。

他觉得自己有些易感与脆弱，但祖先的强悍的反抗的精神还坚固的遗传着。

他身体并不健好，常是三灾两病的。矮矮的身材，瘦削的肩，细小的头颅。但遗传的反抗的精神，给予他以一种坚定而强固的意志与热烈而不涸的热情。

微仰着的头颅，挺出的胸脯，炯炯有神的眼光，足够表现出他是一个有志的少年。

但四周围，重重叠叠的是沉酣的昏睡的空气。除了洁身自好的，以不入罪恶圈，不提考篮，作为消极的反抗的表示外，一切是像抱着微温的火种的灰堆，难能燃起熊熊的火。

仅在幻梦里，间或做着兴复故国的梦。

但那故国实在是太渺茫了，太辽远了；二百年前的古旧的江山，只剩下模糊的轮廓。

天下滔滔，有无可与语的沉痛！

"等候"变成了颓唐与灰心。

他们，祖与孙的三代，是"等候"得太久了。

二

灰堆里的火种终于熊熊的燃起光芒万丈的红焰。

这红焰从广西金田的一个荒僻的所在冲射到天空，像焰火似的幻化成千千万万的光彩，四面的乱洒。

这星星之火，蔓延成了数千万顷的大森林的火灾。这火灾由金田四向的蔓延出来，蔓延到湖南。

兴复故国的呼号已不是幻梦而是真实的狂叫的口号了。

忠直而朴实，重厚而勇敢，固执而坚贞的湖南人，也已有些听到了这呼号，被他们所感化，而起来与之相呼应的了。

蠢蠢欲动，仿佛有什么大变乱要来。

长沙，那繁华的省会，是风声鹤唳，一日数惊。

说是奸细，一天总有几个少年被绑去斩首。

惶惶的，左右邻都像被烤在急火上的蚂蚁似的，不晓得怎么办好。

"只是听天由命罢了。"老太太们合掌的叹息道。

周秀才，黄家的对邻，整日的皱紧了眉头，不言不语，仿佛有什么心事。

曾乡绅的家里，进进出出，不停的人来人往。所来的都是赫赫有名的绅士们，还有几个省当局，像藩臬诸司。最后，连巡抚大人他自己也来了。

空气很严肃，并不怎么热闹，也没有官场酬酢的寻常排场。默默的，宾主连当差们，都一脸的素色。

仿佛有什么大事要发生。

黄公俊的家，便在曾乡绅的同巷。为了他祖父曾经青过一衿，他父子又是读书的，故也被列入"绅"的一群里。

但他的心却煮沸着完全不同的意识与欲望。

他是天天盼望着这大火立刻延烧到整个中国的；至少，得先把这罪恶的长沙毁灭个干净，以血和刀来洗清它。

曾国藩，原来也只是农人的儿子，却读了几句书，巴结上了"皇上"，出卖了自己，接连的，中省试，中会试，点了翰林，不多几年，便俨然的挤入了缙绅大夫之林。

一身的道学气，方巾气，学做谨慎小心的样子：拜了倭仁做老师，更显得自己是道统表上的候补的一员了。

"天下太平，该为皇家出点力，才不辜负历圣的深恩厚泽!"这是老挂在嘴上的劝告年轻人的话。

"只要读八股文,这敲门砖只要一拿到手,敲开了门,那你便可以展布你的经纶了。不是我多话,俊哥,看在多年的乡邻面上,我劝你得赴考,得多练字,得多读名家闱墨。明知八股文无用,但为了自己的前程,却不能不先搞通了它,你那位老伯,说句不客气的话,也实在太执拗了,自己终身不考,也不叫你去考,这成话么?我们读书的人,都得为皇家出力,庶能显亲扬名,有闻于后世。"

黄公俊默默不言,也不便驳他,实在有点怕和他相见。他摆足了绅士的前辈的架子,和前几年穿着破蓝衫,提着旧考篮的狼狈样儿迥乎不同。

在那出入于曾府的绅士的群里,黄公俊是久已不去参加的了,除非有不得不到的酬酢。

而于这危机四伏、天天讨论机密大事的当儿,黄公俊是挤不进其中的。但他却爱探知那民族英雄,恐怖的中心,洪秀全的消息。他是那样的热心,几乎每逢曾府客散,便跑到那里去找曾九、国荃——国藩的弟,向他打听什么。

"有消息么?"

曾九皱着眉，漫长的吁了一口气，说道："还会有什么好消息！不快到衡阳了么？我们是做定牺牲者了。"

"听说是'仁义之师'呢！"公俊试探的不经意的问。

曾九吓了一跳，"这是叛逆的话呢，俊哥，亏得是我听见。快别再听市井无赖们的瞎扯了。一群流寇，真的，一群流寇。听说他们专和读书人作对呢，到一处，杀一处，秀才、绅士；说是什么汉奸，还烧毁了孔庙。未有的大劫运，大劫运！我们至少得替皇上出力，替读书人争面子，替圣人保全万古不灭的纲常与圣教！"他说得有点激昂。

公俊笑了笑，不说什么。沉默了一会。

"未必是读书人都杀吧？"

"不，都杀！都杀！可怕极了！有几亩田的，也都被当作土豪、地主、乡绅，拿去斫了。可怕！你不是认识刘纪刚么？他在浏阳便被洪贼捉去，抽筋剥皮呢！哀号的干叫了几天才断气！可怕极了！他的田都被分给穷人了，都分了。这是他逃出的一个侄儿亲眼看见的。他对我说，还流着泪，千真万确！得救救我们自己！"

公俊皱皱眉。

"是穷人们翻身报怨的时候了！我们至少得救救自

己。"曾九说，他把坐椅移近了些，放低了声音，"大哥和罗泽南们正预备招练乡兵抗贼呢。俊哥呀，这消息很秘密，不是自己人决不告诉你。但你也得尽点力呢，这是我们自己的事，保护自己的产业！"

"……………"

"而且，你不知道么？那洪贼，到一处，掘一处的墓，烧一处的宗祠，捣毁一处的庙宇。他们拜邪教呢：什么天父天兄的，诡异百出，诱惑良民，男女不分，伦常扫地。对于这种逆贼叛徒，千古未有的穷凶极恶，集张角、黄巢、李闯、张献忠于一身的，我们读书人，还不该为皇上出点力么？"

公俊心里想："还不是为了自己的功名财产打算！"但觉得无话可说，便站起身来。

"改日再谈。"

"得尽点力，俊哥，是我们献身皇家的最好机会呢。"曾九送他到门外，这样的叮嘱。

他点点头。

三

有点儿懊丧。这打着民族复兴的大旗的义师，果真是这样的残暴无人理么？真的专和读书人作对么？

说是崇拜天主，那也没有什么。毁烧庙宇，打倒佛道，原也未可厚非。

要仅是崇信邪教的草寇，怕不能那么快的便得到天下的响应，便吸收得住人心吧。

民族复兴的运动的主持者，必定会和平常的流寇规模不同的。

难得其真相。

绅士们的口，是一味儿的传布着恐怖与侮蔑之辞。

黄公俊仿佛听到一位绅士在玩味着洪秀全檄文里的数语："夫天下者，中国之天下，非满洲之天下也。……故胡虏之世仇，在所必报，共奋义怒，歼此丑夷，恢复旧疆，不留余孽。是则天理之公，好恶之正。"还摇头摆脑的说他颇合于古文义法。

他觉得这便是一道光明，他所久待的光明。写了这样堂堂正正的檄文，决不会是什么草寇。

绅士们的奔走、呼号、要求编练乡勇，以抵抗这民族复兴的运动，其实，打开天窗说亮话，只是要保护他们那一阶级的自身的利益而已。

他也想大声疾呼的劝乡民不要上绅士的当，自己人去打自己人。

他想站立在通衢口上，叫道："他们是仁义之师呢，不必恐慌。绅士们在欺骗你们，要你们去死，去为了保护他们的利益而死。犯不上！更不该的是，反替我们的压迫者，我们的世仇去作战？诸位难道竟不知道我们这二百年来所受的是什么样子的痛苦！那旗营，摆在这里，便是一个显例。诸位都是身经的……难道……"手摇挥着，几成了真实的在演说的姿势。

但他不能对一个人说；空自郁闷、兴奋、疑虑、沸腾着热血。渴想做点什么，但他和洪军之间，找不到一点联络的线索。

后街上住的陈麻皮，那无赖，向来公俊颇赏识其豪爽的，突然不见了。纷纷藉藉的传说，说是他已投向洪军了，要做向导。

接连的，卖肉的王屠、挑水的胡阿二，也都失踪了。凡是市井上的泼皮们，颇有肃清之概。

据说，官厅也正贴出煌煌的告示在捕捉他们。东门里的曹狗子不知的被县衙门的隶役捉去，打得好苦，还上了夹棍，也招不出什么来。但第二天清早，便糊里糊涂的绑出去杀了。西门的伍二、刘七也都同样的做了牺

桂公塘

牲者。

虽没有嫌疑，而平日和官衙里结上了些冤仇的，都有危险。聪明点的都躲藏了起来。

公俊左邻的王老头儿，是卖豆腐浆的，他有个儿子，阿虎，也是地方上著名的泼皮，这几天藏着不出去，但老在不平的骂。

"他妈的！有我们穷人翻身的时候！"他捏紧了拳头，在击桌。公俊恰恰踱进了他的门限，王老头儿的儿子阿虎连忙缩住了口，站起来招呼，仿佛当他是另一种人，那绅士的一行列里的人。

他预警着有什么危险和不幸。

但公俊客气的和他点头，随坐了下来。

"虎哥，有什么消息？"

阿虎有点心慌，连忙道："我不知道，老没有出过门。"

"如果来了，不是和老百姓们有些好处么？"

"…………"阿虎慌得涨红了脸。

"对过烧饼铺的顾子龙，不是去投了他们么？还有陈麻皮。听说去的人不少呢。"

"我……不知……道，黄先生！老没有出门。"声音有点发抖。

公俊恳挚的说道："我不是来向你探听什么的，我不是他们那一批绅士中的一个。我是同情于这个杀鞑子的运动的，我们是等候得那么久了……那么久了！"头微向上仰，在幻梦似的近于独语，眼睛里有点泪珠在转动。

阿虎觉得有点诧异，细细的在打量他。

瘦削的身材，矮矮的个子，炯炯有神的双眼，脸上是一副那末坚定的、赴义的、恳挚的表情。

做了十多年的邻里，他没有明白过这位读书人。他总以为读书人，田主，总不会和他们粗人是一类。为什么他突然的也说起那种话来呢？

"没有一个人可告诉，郁闷得太久了……祖父，父亲……他们只要在世看见，听到这兴复祖国的呼号呀……该多么高兴！阿虎哥，不要见外，我也不怕你，我知道你是说一是一的好汉子。咱们是一道的，唉，阿虎哥。那一批绅士们，吃得胖胖的，出卖了自己的灵魂和民族的利益，猪狗般的匍伏在鞑子们的面前，过一天是一天的，……但太久了，太久了，过的是二百多年了！还不该翻个身！"

于是他愤愤的第一次把他的心敞开给别人看，第一次把他的家庭的血写的历史说给别人听，他还描状着明季的那可怕的残杀的痛苦。

阿虎不曾听见过这些话。他是一个有血气的少年，正和其他无数的长沙的少年们一样，他是嫉视着那些驻防的"鞑子"兵的；他被劳苦的生活所压迫，连从容吐一口气的工夫都没有。他父亲一年到头的忙着，天没有亮就起来，挑了担，到豆腐店里，批了豆腐浆去转卖。长街短巷，唤破了喉咙，只够两口子的温饱。阿虎，虽是独子，却很早的便不能不谋自立。空有一身的膂力，其初是做挑水夫，间也做轿夫，替绅士们作马牛，在街上飞快的跑。为了他脾气坏，不大逊顺，连这工作都不长久。没有一个绅士的家，愿意雇他的。只好流落了，什么短工都做。有一顿没一顿的。没了时，只好向他年老的父亲家里去坐吃。父亲叹了一口气，没说什么。母亲整日的放长了脸，尖了嘴。阿虎什么都明白，但是为了饥饿，没法。他憋着一肚子的怨气。难道穷人们便永远没有翻身的时候了？他也在等候着，为了自己的切身的衣食问题。

一把野火从金田烧了起来。说是杀"鞑子"，又说是杀贪官污吏，杀绅士。这对了阿虎的劲儿，他喜欢得跳了起来。

"也有我们穷人翻身的时候了!"

他第一便想抢曾乡绅的家,那暴发的绅士,假仁假义的,好不可恶!"鞑子"营也该踏个平。十次抬轿经过,总有九次被辱,被骂。有一次抬着新娘的轿,旗籍浪子们包围了来,非要他们把轿子放下,让他们掀开密包的轿帘,看看新嫁娘的模样儿不可。阿虎的血往上冲,便想发作。但四个轿夫,除了他,谁肯吃眼前亏。便只好把怨气往回咽下去。他气得一天不曾吃饭。

报怨的时候终于到了!该把他们踏个平!穷人们该翻个身!

他只是模模糊糊的认得这革命运动的意义,他并不明白什么过去的事。只知道:这是切身的问题,对于自己有利益的。这已足够鼓动他的勇气了。

太平军,这三字对他有点亲切。该放下了一切,去投向他们。陈麻皮们已在蠢蠢欲动了。

还有什么可牵挂的?父母年纪已老,但谁也管不了谁,他们自己会挣吃的。全去了,反少了一口吃闲饭的。光棍的一身,乡里所嫉视的泼皮,还不挣点面子给他们看看!

他想来，这冒险的从军是值得做的。这是他，他们，报怨，翻身的最好的机会。

他仿佛记得小时候听人说过什么，"将相本无种，男儿当自强"的话，他很受感动。

他下了个决心，便去找陈麻皮。麻皮家里已有些不伶不俐的少年们在那里，窃窃纷纷的在议论着。

"正想找你去呢，你来得刚巧！"麻皮道。

"麻皮哥，该做点事才对呢，外头风声紧啦。"阿虎道。

麻皮笑了，俯在他的耳旁，低低的说道："阿虎哥，有我呢。洪王那边已经派人来了。大军不日就到，要我们做内应。不过，要小心，别漏出风声，听说防得很严紧。"

阿虎走出麻皮的门时，一身的轻松，飘飘的像生了双翼，飞在云中，走路有点浮。过分的兴奋与快乐。

但不知怎样的，第二天，这消息便被泄漏了。麻皮逃得不知去向，他的屋也被封了。捉了几个人，都杀了。

联络线完全的断绝，阿虎不敢走出家门一步。

天天在郁闷和危险中过生活，想逃，却没有路费。

黄公俊的不意的降临，却开发了他一条生路。听见了许多未之前闻的故事和见解，更坚定了他跟从太平军的决心。他从不曾想到，读书人之间，也会对于这叛乱同情的。

"但，黄先生，不瞒您老说，我也是向着那边的。太平王有过人来说，……不是您老，我肯供出这杀头的事么？……可惜，这消息不知被哪个天杀的去通知衙门里人。陈麻皮逃了，不知去向。……现在只好躲在家里等死!"说着，有点黯然。

"怕什么，阿虎哥! 要走，还不容易。明天，我也要走，雇了你们抬轿，不是一同出了城么？"

阿虎又看见前面的一条光明。

四

闯出了鬼魅横行的长沙城。黄公俊和他的从者王阿虎，都感到痛快、高兴。打发了别一个轿夫回城之后（阿虎假装腿痛，说走不了；轿子另雇一个人抬进去的），他们站在城外的土山上。

茫茫的荒郊，乱冢不平的突起于地面。野草已显得有点焦黄色，远树如哨兵般的零落的站着。

远远的长沙城，长蛇似的被笼罩在将午的太阳光中。城中的高塔，孤寂的耸在天空。几缕白云，懒懒的驰过塔尖旁。

静寂、荒凉、严肃。

公俊半晌不语，头微侧着，若有所思。

"黄先生，到底向哪里走呢？"

公俊从默思里醒过来。

茫茫的荒原，他们向哪里去呢？长沙城是闯出来了，但要向南去么？迎着太平军的来路而去么？还是等候在这里？

"但你和他们别了的时候，有没有通知你接头的地方，阿虎哥？"

若从梦中醒来，阿虎失声说："该死，该死，我简直闹得昏了！"用拳敲打自己的头，"麻皮说过的，城里是他家，现在自然是被破获了，没法想；城外，说是周家店，找周老三，那胖胖的老板。"

"得先去找他才有办法。"

周家店在南门外三里的一个镇上，是向南去的过往必由之路，他们便向南门走。

几只燕子斜飞的掠过他们的头上，太阳光暖洋洋的晒着，已没有盛夏的威力了。

过了一道河。河水被太阳射得金光闪烁，若千万金色的鱼鳞在闪动。

远远的河面上，有帆影出现，但像剪贴在天边的蓝纸上似的，不动一步，洁白巧致得可爱。

陈麻皮恰在这店里。他见阿虎导了一位穿长衫的人来，吓得一跳。

"你该认得我，陈哥。"公俊笑着说。

"阿呀，我说是谁呢？是黄先生！快请进来，快请进来！您老怎样会和阿虎哥走在一道了？"

公俊笑了笑。"如今是走在一道了。"

麻皮，那好汉，有点惶惑。他是尊重公俊的，看他没有一点读书人的架子，能够了解粗人穷人的心情，也轻财好施。但他以为，读书人总归是走在他们自己那条道上的，和自己是不同的，永不曾想到他是会在这一边的。而且，太平军的来人，吴子挥，也再三的对他说道："凡读书人都是妖，他们都是在'满妖'的一边的，得仔细的提防着。"他在城里时，打听得曾氏正在招练乡勇，预备和太平军打，这更坚了"凡读书人都是妖"的信念。

难道黄公俊是和阿虎偶然的同道走着的么？他到这里来有什么事？阿虎也太粗心，怎么把他引上门来？

但阿虎朗朗的说道："麻皮哥，快活，快活！黄先生与我们是一道儿了！"

麻皮还有些糊涂。

"不用疑心。我明白你们都当我是外人，但我能够剖出心来给你们看，我是在太平军的一边的！"

于是他便滔滔的说着自己的故事和意念，麻皮且听且点头。

他喜欢得跳了起来，忘了形，双手握着公俊的瘦小的手，摇撼着，叫道："我的爷，这真是想不到的！唉！早不说个明白！要是您老早点和我们说个明白，城里的事也不会糟到这样。如今是城里的人个个都奔散了，一时集不拢，还有给妖贼矼了的。"

"读书人也不见得便都卖身给妖，听说，太平军见了读书人便杀，有这事么？"

"没有的话！不过太平王见得读书人靠不住，吩咐多多提防着罢了。"

"掘墓烧祠堂的事呢？"

"那也是说谎。烧庙打佛像是有的，太平王是天的儿子呢。他信的是天父、天兄，我们也信的是。不该拜泥菩萨。您老没看见太平王的檄文吧。"他便赶快的到了后房，取了一张告谕出来。

"喏，喏，这便是太平王的诏告，上面都写的有，我也不大懂。"

公俊明白这是劝人来归的诏告，写得异常的沉痛，切实，感人。读到："慨自明季凌夷，满虏肆逆，乘衅窃入中国，盗窃神器，而当时官兵人民未能共奋义勇，驱逐出境，扫清膻秽，反致低首下心，为其臣仆……"觉得句句都是他所要说的。"遂亦窃据我土地，毁乱我冠裳，改易我制服，败坏我伦常；削发剃须，污我尧、舜、禹、汤之貌，卖官鬻爵，屈我伊、周、孔、孟之徒。"这几句，更打动了他的心。

他的怀疑整个的冰释，那批绅士们所流布的恐怖和侮蔑是无根的，是卑鄙得可怜的。

还不该去做太平军的一个马前走卒，伸一伸久郁的闷气么？他们是正合于他理想的一个革命。

虽然天父、天兄，讲道理、说教义的那一套，显得火辣辣的和他的习惯相去太远。但他相信，那是小节道。他也并不是什么顽固的孔教徒，这牺牲是并不大。民族革命的过度的刺激和兴奋使他丧失了所有的故我。

"呵，梦境的实现，江山的恢复，汉代衣冠的复见！"公俊头颅微仰着天，自语的说道。

"太平王的诏谕，不说得很明白么，您老？"麻皮担心的问。

"感动极了！读了这而不动心的，'非人也！'"

"城里也散发了不少呢！不知别的乡绅老爷们有看见的没有？"

"怎么没有，我还听见他们在吟诵着呢。不过，说实话，我们该做点事。听说曾乡绅在招收乡勇，编练民团呢。说是抵抗太平军。得想法子叫老百姓们别上当才好。"

"我也听得这风声了。"麻皮道，"有法子叫老百姓们不去没有？"

"这只有两个法子，第一，是太平军急速的开来，给他们个不及准备；第二，是向老百姓们鼓动，拒绝加进去，要他们投太平军。"

"但太平军还远得很呢。"麻皮低声道，"大军集合在南路的有好几十万，一时恐怕来不了。"

"那末，老百姓们怎么样呢？"

麻皮叹了口气，"只顾眼前，他们只要保得自家生命财产平安。说练团保乡，他们是踊跃的；说投太平军，他们便说是造反要灭族，便不高兴干。"

公俊黯然的，无话可说。

"也不是没有对他们说太平军的好处，妖军的作恶害人。他们只是懒得动弹。并且，妖探到处都是。一不小心，就会被逮了去。曹狗子、刘七、伍二都是派出去说给老百姓们听的，话还不曾说得明白，就被逮了去斫了。"

公俊住在湖南好几代了，自己的气质也有点湖南化，他最明白湖南人。

湖南人是勇敢的，固执的。他们不动的时候，是如泰山般的稳固，春日西湖般的平静，一旦被触怒了时，便要像海啸似的，波翻浪涌，一动而不可止。他们是守旧的，又是最维新的，是顽固的，又是最前进的；有了信仰的时候，就死抱住了信仰不放。

他们是最勇敢的先锋，也是最好的信徒，最忠实的跟从者。但被欺骗了去时，像曾氏用甘言蜜语，保护桑梓，反抗掘墓烧庙的一套话，去欺骗他们的时候，他们却也会真心的相信那一套话，而甘愿为其利用。

而那批乡绅们，为了传统的势力，在乡村里是具有很大的号召力和诱惑力的。难保忠厚、固执、短见、勇敢的农民们不被他们拉了去，利用了去。

可忧虑之点便在此。

公俊看出了前途的暗淡。

难道真的再要演一套吴三桂式的自己兄弟们打自己
兄弟们的把戏，而给敌人们以坐收渔翁之利的机会么？

把农民们争取过来。但这是可能的么？

他们的力量是这么薄弱。

"还是设法到太平军里去报告这事吧。"

公俊点点头，不语。

五

太平军给黄公俊以很好的印象，同时也给他以很大
的刺激。像久处在暗室的人，突然的见到了盛夏正午的
太阳光，有些头眩脑晕，反而一时看不见一物。

满目的金光，满目的锦绣，满目的和妖军完全不同
的装束，这是崭新的气象与人物！

天王的朝会的演讲与祷告，给公俊以极大的感动。
他不是一个任何宗教的信徒，他具有中国读书人所特有
的鄙夷宗教的气味儿。和尚们、道士们都只是吃饭的名
目，以宗教的名色来混饭、来做买卖的。但他第一次见
到有真正的宗教热忱的集会了，被感动得张口结舌，说

不出话来。

他才开始明白：为什么这僻远的金田村的一位教主，能够招致了那末多的信徒，成就了不很小的事业的原因。这决不是偶然的侥幸。

他全心全意的，以满腔的热诚，参加于这个民族复兴的运动。以他的忠恳与坚定的认识，以他的耐劳与热烈的情感，不久便博得天王、翼王们的信任。

但湖南南部的战争总是持久下去，长沙城成了可望不可及的目标。

太平军不久便放弃了占领湖南的计划，越过了长沙城而一举攻下了武昌。

这震撼了整个中国！民众们如水的赴壑似的来归降，声势一天盛似一天。

太平军浩浩荡荡的由水陆而东下，占领了安庆、江苏、浙江、福建。南京成为太平天国的都城。

而同时，曾国藩、罗泽南辈编练乡勇的计划却也成了功。

如黄公俊之所虑的，忠厚、勇敢的湖南人果然被许多好听而有诱惑性的名辞，鼓动了他们的热情。

曾国藩辈初以保乡守土为名，而得到了拥护与成功，便更炽盛了他们的功名心，要想出乡"讨贼"。乡勇们不意的得到了过度的荣誉与鼓励，便也觉得抵抗太平军乃是他们的建立功名的机会，乃是他们的唯一的事业。

一批一批的无辜的清白的农民们便这样的被送出三湘而成就他们自己打自己的兄弟们的功业。

太平军遇到了这么强悍而新兴的生力军是绝对没有料到的事。满洲兵和一般妖军都是那么样脆薄，一击便粉碎。这时却碰到最强固的"敌人"了——而这"敌人"其实却是兄弟。

武昌被夺去，安庆被夺去了之后，天王召开了一次会议，专门讨论湘军的问题。黄公俊为了是湘人，熟悉湘事，也被召参加。

这时候，太平军吸引了过多的复杂的分子，初出发时的人物，不是阵亡，便成了名王大将，安富尊荣；而新加入的，没有主义，没有认识，只是为了功名富贵，强盗、土棍，乃至妖军里的腐败分子和贪污的官吏们也都成了太平军中的主要的一部分人物，锐气和声誉在大减。

黄公俊看出了这腐化的倾向，很痛心，然而这是不可抗的趋势。宗教的热忱也渐减，每天的朝会，只是敷衍的情态，他没有法子进言。

外面的局势是一天天的坏，生龙活虎般的湘军是逐步的卷逼了来。

怎样对付湘军的问题，成了太平天国的焦虑的中心。

无结果，无办法的讨论，尽管延长下去。

"和湘军之间，有没有妥协的可能呢？"翼王道。

"怕不会有的吧？这战争成了湘军们的光荣与夸傲之资。要不狠狠的给他们以打击，是不会有结果的。"北王道。

"但生力军是从三湘的农民们之间不断的输送出来的呢。帮妖军来和我军作战，成了他们的唯一的事业，近来并且还成了妖军的主力了呢。曾氏是那样的把握着湘军的全权，有举足轻重之势。"天王蹙额的说道。

"曾氏成了湘人信仰的中心，有办法使他放弃了帮妖的策划而和我军联盟么？——至少是不立在对抗的地位。"翼王道。

北王的眼光扫射过会堂一周。

"咱们这里湘人也不少呢，有法子找到联络的线索没有？"他说。

翼王把眼光停在黄公俊的身上。

"至少这自己兄弟们之间的残杀，必得立刻停止。"

停了一会，他又道："必得立刻停止，无论用什么条件。"

大家都点头。

"谁去向曾氏致和议的条件呢？"北王道。

翼王的眼光，又停在黄公俊的身上。

公俊也明白，除了他，也没有第二人可去。但这使命实在太艰巨了，他知道决不会有什么结果。湘人是那样的固执而顽强，绝对不能突然转变过来的。

为了整个民族的前途，他却不怕冒任何的艰苦和牺牲，明知是死路一条，却总比停着不走好。

"我，为了天王和天国的前途，愿意冒这趟险。我最痛心的是自己兄弟们帮助了敌人在和自己的兄弟们战斗、相斫！曾氏乃是旧邻里，他的脾气，我知道的，不易说动。姑且以性命作为孤注去试试。万一能够用热情来感化他呢……不过条件是怎样？"

这又是一个困难的焦点。

经了许久的讨论，结果是，只要停止了自己兄弟们之间的战争，什么条件都可以承认，甚至曾军可以独立，占据几省，不受天国的管束，不信天教。但必须不打自己人，不帮助妖军。天国的一方面，还可以尽力的接济他。只要同盟并谅解便足够了。先打倒了"满妖"，其余的账，尽有日子清算。

公俊便带了这宽大的条件而去。

那一天，灰色的重雾弥漫了天空，惨白、厌闷、无聊、不快，太阳光被遮罩得半线不见。

渡过了长江，方才有一丝的晴意。

六

曾军的大营在安庆。经了几场的艰苦的争斗之后，如今，他的基础是稳固了。就地征取的赋税以及新兴的厘金之外，从湖北方面、北京方面都可以有充分的接济。在安庆争夺战时代所感到的危机，早已过去。

他，曾国藩，正进一步的在策划怎样的进窥金陵，那太平天国的天京，太平军的坚固的堡垒。他要把这不世的功业拥抱在自己的怀中。曾九，他的兄弟，是统率着最强悍的一支湘军的。其他的领袖们也都是乡里同窗和相得的乡绅们。接连的几次想不到的大胜利，更坚定了他的自信和对于功名的热心。他仿佛已经见到最后大胜利的金光是照射在他的一边。

太平军的将官们，信仰不坚的，归降于他的不少。他很明白太平军的弱点和军心的涣散。

为了要使功业逃不出曾氏的和湘人的门外，他便敞开着大营的门，招致一切的才士和文人，特别是三湘子弟们。

黄公俊的突然来临，最使他愕怪，惊喜。关于公俊的逃出长沙，跟从太平军，他是早已知道的，那流言曾传遍了长沙城。曾九最明白公俊的性情，他知道公俊的心，自己觉得有点惭愧，但绅士的自尊心抑止了他的向慕。

"有哪一天公俊会翻然归来才好。"曾九留恋的说。

"想不到他竟从了贼。不可救药！"国藩惋惜的说。

但在他们的心底，都有些细小的自愧的汗珠儿渗出。

而这时，公俊却终于来了。

他究竟为什么来呢？有何使命呢？将怎样的接待他才好呢？他是否还是属于太平军的一边呢？

国藩和他的幕客们踌躇窃议了很久，方才命人请他进来。

曾九这时不在大营，他在前方指挥作战。

公俊来到了大营。气象的严肃，和长沙城的曾府是大为不同。曾国藩，习惯于戎旅的生活，把握惯了发号施令的兵权，虽然面目是较前黧黑些，身体也较癯，但神采却凛凛若不可犯，迥非那一团的和蔼可亲的乡绅的态度了。

许多幕客们围坐在两旁，也有几个认识的乡绅在内。无数的刀出鞘，剑随身的弁目，紧跟在国藩的左右。

"黄公，你也到我这里来了？哈，哈。"还是他习惯的那一套虚伪的官场的笑。"请坐，请坐。"他站了起来让坐。"有何见教呢？听说是久在贼中，必定有重要的献策吧。"

公俊心里很难过。他后悔他的来，曾氏是永不会回头的，看那样子。良心已腐烂了的，任怎样也是不会被劝说的。

但他横了心，抱了牺牲的决心，昂昂然的并不客气的便坐上了客座。用锐利的眼转了一周。

"说话不用顾忌什么吧？曾老先生？"

国藩立刻明白了，他是那么聪锐的人，"那末，到小客厅里细谈吧。"他随即站了起来，让公俊先走。

只留下几个重要的最亲信的幕客们在旁。

"我是奉了天王的使命来的！"公俊站了起来虔心的说。

国藩的脸变了色。

"大夫无私交，何况贼使！要不看在邻里的面上，立刻便绑了出去。来！送客！第二次来，必杀无赦！"

冷若冰霜的，像在下军令。

公俊笑了，说道："难道不能允许我把使命说完了么？这是两利的事。"

国藩踌躇着。和坐在他最近的幕客，左宗棠，窃窃的谈了一会。回了座，便不再下逐客令。

脸上仍是严冷的可以刮下一层霜来。

"可不许说出不敬的话来！这里也无外人，尽管细谈。你老哥想不到还在那里为贼作伥！"

"贼！曾老先生，这话错了！堂堂正正的王师呢。天王是那样的勤政爱民！"

"别说这些混账话！有什么使命，且爽快的说吧。"

公俊又站了起来，虔敬的说道："天王命令我到这里来传达：我们同是中国人，虽然信仰不同，但不该这样的互相残杀，徒然为妖所笑。彼此之间的战争，应该立刻停止！自己兄弟们之间的无谓的残杀是最可痛心，最可耻的！"

于是公俊便接着把停战的条件提了出来。最后说：

"这不过天王方面的希望，天王并无成见。曾老先生有无条件，尽管提出，以便转达，无不可商者，只要停止这场自己兄弟之间的残杀！"

这一场激昂而沉痛的话，悲切而近理的讲和，以公俊的热情而真诚的口调说出，国藩他自己也有些感动。

他曳长了脸，默默的不言。心里受了这不意的打击，滚油似的在沸、在滚、在翻腾、在起伏。他久已只认清了一条路走，乃是保村，结果却成就了意外的功名。他别无他肠，唯一的希望是以自己的力扑灭太平军，成就了自己的不世的功业。对于这，他绰有把握和成算在胸。

而这时，却有一个机会给他检阅反省他自己的行为。

长时间的沉默。终于下了决心的说：

"不可能的！势不可止！我和贼之间，没有什么可以谅解的，更说不到同盟。"

"…………"

"食君之禄，忠君之事。万难中途停止讨贼，否则，将何以对我皇上付托之重？"

"啊，啊，曾老先生，既说到这里，要请恕我直言。你还做着忠君的迷梦么？谁是你的君？你的君是谁，请你仔细想想看？"

国藩连忙喝道："闭口，不许说这混账话！否则，要下逐客令了！"

"这里是私谈，大约不至于被泄漏的吧？无须乎顾忌和恐慌。说实在话，曾老先生，我们做了二百多年的臣仆，还不足够么？为主为奴，决在你老先生今日的意向！你难道不明白我们汉族所受到的是怎样不平等，不自由的待遇么？你老先生在北廷已久，当详知其里面的情形。不打倒了胡虏，我们有生存的余地么？"他动了感情，泪花在眼上滚，忍不住的便流到脸上来。"你老先生该为二十多省的被压迫的同胞着想，该为无数万万被残杀的死去的祖先报仇！你老先生实在再不该昧了天良去帮妖！去杀我们自己的同胞，自己的兄弟们！"说到这里，他哀哀的大哭起来。

充满了凄凉的空气。沉默无语。

"而且，飞鸟尽，良弓藏，狡兔死，走狗烹，汉臣在虏朝建功立业的结果是怎样的？吴三桂、施琅、年羹尧……饶你恭顺万分，也还要皮里寻出骨头来。虏是可靠的么？"

"…………"

"说是忠君，但忠虽是至高之品德，也须因人而施。忠于世仇，忠于胡虏，这能算是忠么？只是做走狗、做汉奸罢了。遗臭万年，还叫做什么忠！王彦章忠于贼温，荀攸忠于贼操。这是忠么？谁认他们为忠的？该知道戏里的人物吧，秦桧是忠于金兀术而在卖国的，王钦若是忠于辽萧后而欲除去杨家父子的。洪承畴为虏人的谋主而定下取中国的大计。他们也可算是忠臣么？为贼寇，为胡虏，为世仇而尽力，而残杀自己的同胞，反其名曰忠君！唉唉，我，要为忠的这一个不祥的字痛哭！何去何从，为主为奴，该决于今日！天王为了民族复兴的前途，是抱着十二分的热忱，希望和曾老先生合作，以肃清胡虏的，在任何的条件底下合作！"公俊说得很激昂，双目露出未之前见的精光，略带苍白的瘦颊上，涨了红潮。

国藩在深思，心里乱得像在打鼓，一时回不出话来。

难堪的沉默，但只是极快的一瞬刻。

狂风在刮，屋顶像在撼动。窗扇和户口，在嘭嘭的响。窗外的梧桐树的大叶像在低昂得很厉害。

有什么大变动要发生。

浓云如墨汁般的泼倒在蓝天上，逐渐的罩满了整个天空。风刮得更大；黄豆似的雨点开始落了下来，打得屋顶簌簌的作响。

在极快的一瞬间，国藩便已打定了主意，他未尝不明白公俊的意思。但他怎样能转变呢？他所用以鼓励人心，把握军权的，是忠君，是杀贼；他所用作宣传的，是太平军的横暴，残杀和弃绝纲常，崇信邪教。假如他一旦突然的转变过去而和太平军握手，不会把他的立场整个丧失了么？他的军心不会动摇么？他的跟从者不会涣散去么？最重要的是他的军权，他的信仰，不会立刻被劫夺么？他将从九天之上跌落到九渊之下。何况，一部分的经济权也还被把握在满廷手上。李鸿章所统率的淮军，声势也还盛。他能够放弃了将成的勋业而冒灭族杀身的危险么？不！不！他绝对不能把将到口的肥肉放了下去。

他立即恢复了决心和威严，一声断喝道：

"快闭嘴，你这叛徒！这里是什么地方，容你来摇嘴弄舌！本帅虽素以宽大为怀，却容不得你这逆贼！来！"

外面立刻进来了八个弁目，雄赳赳的笔直的站在那里等待命令。

"把这逆贼绑去斫了！"

两个弁目便向公俊走来。公俊面不改色的站了起来。

"虽是贼使，不便斩他。斩了便没人传信了。且饶他这一次吧！"左宗棠求情的说道。

国藩厉声道："死罪虽免，活罪难饶。打三百军棍，逐出！再看见他出现在这大营左近，立杀无赦！"

公俊微笑的被领出去，回头望着国藩道："且等着看你这大汉奸的下场！"

国藩装作没听见。

七

太平军的军势，江河日下的衰颓下来。北王被杀，翼王则西走入川，只有东南的半壁江山，勉强的挣扎着。南京的围，急切不能解。江苏、浙江各地的战争也都居于不是有利的地位。上海那个小城，为欧洲人贸易之中心的，竟屡攻不下。

黄公俊感到异常灰心、失望。难道轰轰烈烈的民族复兴运动便这样的消沉、破灭、分崩下去么？

为什么天王起来得那么快，而正在发展的顶点，却反而又很快的表现衰征呢？

这很明白：太平军的兴起，不单是一种民族复兴运动，且也是一种经济斗争的运动。他们的最早的借以号召的檄文，便是这样的高叫道：

"天下贪官，甚于强盗；衙门酷吏，无异虎狼。即以钱粮一事而论，近加数倍。"

在农民们忍受着高压力而无可逃避的时候，这样的口号是最足以驱他们走上革命之路的。历来的革命或起义，多半是从吃大户，求免税开始的。太平军以这样的声势崛起于金田之后，沿途收集着无量数的逃租避税的良民和妒视大姓富户的各地方的泼皮们，军势自然是一天天浩大。但当战争日久，领兵者都成了肠肥脑满的富翁的时候，又为了军需，而不得不横征暴敛的时候，当许多新的大姓富户出现于各地，择人以噬的时候，农民们却不得不移其爱戴之心而表示出厌恶与反抗了。

公俊彻底了解这种情形，但他有什么方法去挽回这颓运呢？他的最早的同伴们，王阿虎早已阵亡了，陈麻皮、胡阿二辈都成了高级军官，养尊处优，俨然是新兴的富豪，而凶暴则有过于从前的乡绅和贪官酷吏。

公俊有什么办法去拯救他们呢？"滔滔者天下皆是也！"即使说服了一二人乃至数十百人，有救于大局么？

他失意的只在叹气。几次的想决然舍去，作着"披发入山，不问世事"的消极的自私的梦。

但不忍便把这半途而废，前功全弃的革命运动抛在脑后。他觉得自己不该那么自私。虽看出了命运的巨爪已经向他们伸出最后的把捉的姿势，却还不能不作最后的挣扎。

最有希望而握着实权的忠王李秀成，是比较可靠的。他还不曾染上太平军将士们的一般恶习。他也和公俊一样，已看出了这颓运的将临，这全局的不可幸免的崩溃，但为了良心和责任的驱使，却也不得不勉力和运命在作战。

公俊在朝中设法被遣调出去，加入忠王的幕中。忠王很信任他。

而不久，一个更大的打击来了；这决定太平军的最后的命运。

由于李鸿章的策动，清廷想利用英国的军官编练新式的洋枪队来平乱。

这消息给太平军以极大的冲动。

"该和妖军争这强有力的外援才对。"一个两个的幕客，都这样的向忠王献计。

"且许他们以什么优越的条件吧。他们之意在通商，我们如果答应了开辟若干渡口为商埠以及其他条件，他们必将舍妖而就我的。何况北方正在构衅呢！他们决不会甘心给妖利用的。"

忠王踌躇得很久，他和公俊在详细的策划着。

"一时固然可以成立一部有力的劲旅，且还可以充分的得到英、法新式枪弹的接济，但流弊是极多的，不可不防。"公俊说道。

"我也防到这一点。洋将是骄横之极的，他们无恶不作；且还每每对我军的行动横加干涉，使人不能忍受。法将白齐文的反复与骄纵，我军已是深受其害的了。"忠王道。

"所以，这生力军如果不善用之，恐怕还要贻祸于无穷。"

"如果利用了他们，即使成了功，还不是前门驱虎，后门进狼么？而通商和种种优越的条件——不知他们将开列出多少的苛刻的条件来呢？——的承认，也明白的等于卖国。我们正攻击满妖的出卖民族利益，我们还该去仿效他么？"

"只要站在公平的贸易和正式的雇兵的编制条件上，这事未始是不可考虑的。"

"但这是可能的么？昨日有密探来报告：满妖已经

允许了洋教官以许多优待的条件；他们可以独立成为一军，不受任何上级主帅的指挥，他们是只听洋教官的命令与指挥的。"

"这当然是不可容忍的，不是破坏了军令的统一么？而况还有通商等等的政治的条件附带着！"

"恐怕这其间必有其他作用。密探报告说：洋教官的接受清妖的聘任，是曾经得到其本国政府的允许的。"

"必有什么阴谋在里面！"公俊叫道。

忠王道："所以，我们不能出卖民族的利益，以博得一时的胜利。这事且搁下吧。好在他们的力量也还不大，不过几营人。即使战斗力不坏，也成不了什么大事。"

但这里议论未定的时候，那边已在开始编练常胜军了。这常胜军不久便显出很高的效力来。在英人戈登将军的指挥之下，他们解了上海之围，随即攻破了苏州，使太平军受到了极大的损失。

想不到，这常胜军会给他们以那么大的威胁。旧式的刀枪遇到了从欧洲输入的火器，只好丧气的被压伏。

几次的大败，太平军在江南的声威扫地以尽。军心更为动摇。南京的围困更无法可解。

天王的噩耗突然的传来，传说是服毒而死。

快逼近了黄昏的颓景，到处是灰暗、凄凉。

无可挽回的颓运。

公俊仿佛看见了运命的巨爪在向他伸出；那可怕的
铁的巨爪，近了，更近了；就要向下攫去什么。

八

有最后的一线希望么？向谁屈服呢？在倒下去之
前，他们还能挣扎一下么？还能鼓动一番风波么？

什么都可放弃，牺牲，只要这民族是能够自由，解
放，不必成功于他们自己之手。

公俊把这意见和忠王说了。忠王正在徘徊、迟疑、
灰心的时候，也觉得可以牺牲自己的一切而换得民族的
自由。这原是他们的革命运动的最初和最终的目的；而
永远阻隔在这运动的前途的，却是自己的兄弟们。

公俊有一着最后的棋子，久久握在手里，不肯放下
去。死或活，便在这一着棋子上。

攻打太平军和围困南京城的主力，都是湘军。而湘
军的主帅虽是曾国藩，其实权却全握在曾国荃——曾九
的手上。

曾九和公俊有过相当的友谊，他知道公俊在太平军

里，曾设法了好几次要招致他来归。那一次，公俊在安庆的游说，给他事后知道了，还颇懊悔不曾留下公俊来。

这是一个绝着。忠王极秘密的给公俊以全权，命他到曾九的大营里去，致太平军全军愿与他合作的消息，但只有一个条件：离开了"满妖"，自己组织汉族的朝廷。假如这条件能够成立，南京立刻便可以让渡给曾家军。

公俊又冒险而入曾九的营幕。

他的来临，使曾九过度的喜悦。他还不脱老友似的亲切态度。

"俊哥，你来得好。这几年来，想念得我好苦！我知道你在贼中一定不会得意的。这贼便将灭了；灭在我们湘人之手！俊哥，你想得到这么？你来到这里，把性命看得太儿戏了。好在谁都还不知道。要给大哥晓得，便糟了。但一切都有我，我可以庇护你。我担保你的安全。只要你，肯将贼中真相说出，我还可以设法保举你。我们是老友，什么话不能谈！你看我变了么？没有！还不脱书生本色呢。"曾九这样滔滔的说着，不免有点自负，显然是对故人夸耀他自己。

公俊是冷淡而悲切的坐在那里，颓唐而凄楚，远没有少年时代的奋发的态度。所能看出他未泯的雄心的，只有炯炯有光的尖利的双眼。

他凄然的叹道："我是来归了！"

曾九喜欢得跳起来，笑道："哈，哈，俊哥，都在我身上，保你没事，还有官做！"

"但来归的还不止是我一人呢。"

曾九有些惶惑，减少了刚才的高兴。

"我是奉了忠王的命，来接洽彼此合作的事的；南京城可以立即让渡给你，……"

这不意的福音，使曾九又炽起了狂欣；他热烈的执了公俊的双手，说道："俊哥，你毕竟不凡，立下了这不世的大功！都在我身上！功名富贵！大大的一个官！少屠戮了千千万万的无辜的军民，这功德是够大的了！俊哥，你这话不假么？"

公俊冷冷的说道："不假，不假！"

曾九大喜道："来，俊哥，该痛喝几杯，我们细谈这事。"

"但还不是喝贺酒的时候呢。"

曾九为之一怔。

"这合作是有条件的，这条件很简单，说难，不难；说易，却也不易。全在你老哥的身上。"

"⋯⋯⋯⋯"

"条件是：我们只愿与我们自己的兄弟们合作，却决不归降虏廷！"

"这话怎么讲的？"曾九陷入泥潭里了。

"这很明白：我们并不欲放弃了民族复兴的运动。我们仍然是反抗虏廷到底；不过，我们却可以无条件的与湘军合作。⋯⋯不过⋯⋯"

"⋯⋯⋯⋯"曾九回答不出什么，但他知道，这必有下文。

"不过，曾家军得脱离了满廷！"

如一声霹雳似的，震得曾九身摇头昏。他有点受不住！

"这是⋯⋯怎么⋯⋯说的！俊⋯⋯哥！"

"这就是说，由湘军和我们合作起来，来继续这未竟的民族革命的工作。我们知道，力量是足够的。我们愿为马前的走卒，放弃了自己的一切，只求中国能够自由、解放。"

曾九抱了头，好久不说话。他如坠入深渊。这不意的打击太大了，他有点经不住！

"要我们叛国，要我们犯大逆不道之罪！好不狠毒的反间计！要不是你，第二个人要敢说这话，立刻绑去杀了！"他良久，勉强集中了勇气说道。

公俊恳挚的说道："九哥，我们是一片的血忱，决无丝毫的嫁祸之心，更说不上什么反间计。正为了中国的自由、解放，我们才肯放弃了一切，我们不愿意看见自己兄弟们之间的残杀。我们可以抛开一切的主张，乃至信仰，但有一个最后的立场：宁给家人，不给敌人！和家人，什么都可以妥协、磋商，放弃；但对于世仇，却是要搏击到底的！唉！……可惜这几年来，相与周旋着的却只是家人，而不是敌房！九哥，这够多么痛心的！九哥，为了中国，为了为奴为仆的祖先们，为了千千万万的人自由、解放，为了我们子孙们的生存，九哥，我恳求你接受了我们的条件。我们是在等待着你的合作，只要你一决定下来！九哥，我为了中国，为了苍生，在这里向你下跪了！"

说着，便离座，直僵僵的跪在曾九面前，不止的磕头，恳求着，泪流满面，语声是呜咽模糊。

曾九也感得凄然，双手挽了公俊立起。"快不要这样了，使我难受！且缓缓的谈着吧。"

"只是一个决定，便可以救出千千万万人，便可以立下大功大业；否则，不仅对不起祖先们，也将对不住子孙们呢。"

"且缓几时再谈这事吧。俊哥，你也够辛苦的了，就在我的内书房里静养几天吧。"

便把公俊让到内书房里，请一个幕客在陪伴他，其实是软禁，不让他出入，或通消息。里里外外都是监视的人。

曾九也不是不曾想到这伟大的勋业。但他是骑在老虎背上，急切的下不来。也和国藩所想的一样，他们如果一旦转变了，他们便将立即丧失了所有的一切。他们很明白：所以能够鼓动军心，所以能够支持这局面的真实原因之所在。曾九还有些锐气，不能下人。已是沸沸腾腾的蜚语流言。国藩是持之以极其谨慎小心的态度的。虏廷并不是呆子，他已四面布好了棋子。说的是湘军无敌，其实，力量也并不怎么特别强。淮军、满军，以及常胜军是环伺于其左右。一旦有事，胜算是很难操在手里的。何况湘军，那子弟兵，也不一定便绝对的听从曾氏兄弟的命令。那里面，派别和小组的势力，是坚固的支配着。曾氏兄弟是很明了这里面的实情的。

饱于世故的人肯放下了到口的食物而去企求不可必

得的渺茫的事业么？当然是不干的！

那良心，一瞬间的曾被转动，立刻便又为利害之念所罩遮。

为了故友的情感，还想劝说公俊放弃他的主张，但公俊的心却是钢铁般的不可撼动。

九

压不住众口，公俊要求合作的一席话，便被纷纷藉藉的作为流言而传说着，夹杂着许多妒忌的蜚语。

国藩听到了这事，立刻派人来提走公俊，曾九辗转的几次的要设法庇护他，但关系太大了，为了自己的利害，只好牺牲掉故友。

公俊便被囚在国藩的监狱里。究竟为了乡谊，他是比其他囚人受着优待的。他住在一间单独的囚室，虽然潮湿不堪，却还有木床。护守着的兵士们，都是湖南口音的，喉音怪重浊的，却也怪亲切。他们都不难为他，都敬重他，不时仍投射他以同情的眼光，虽然不敢和他交谈。

内外消息间隔，太平军如今是怎样的情形，公俊一毫不知，但他相信那运命的巨爪，必已最后的攫捉下去。

被囚的人是一天天的多，尽有熟识的面孔，点点头便被驱押过去。

公俊反倒没有什么顾虑，断定了不可救药的痛心与失望之后，他倒坦然了，坐待自己的最后的运命。

国藩老不敢提他出来，公开的鞫问，怕他当大众面前说出什么不逊的话来，只是把他囚禁在那里。

公俊一天天的在那狭小的铁栅里，度着无聊而灰心的生活。当夕阳的光，射在铁栅上的时候，他间或拖上了仅存的那污破的鞋子，在五尺的狭笼间来回的踱着方步，微仰着头颅，挺着胸脯，像被闭在笼中的狮虎。

外面的卫士们幽灵似的在植立着，不说一句话。

刀环及枪环在铿铿的作响。

间或远远的飘进了一声两声喉音重浊的湖南人的乡谈，觉得怪亲切的。

坐在木床上，闭了目，仿佛便看见那故居廊下的海棠、梧桐和荷花。盆菊该有了蓓蕾。荷是将残了，圆叶显着焦黄残破。阶下的凤仙花，正在采子的时候。

一缕的乡愁，无端的飘过心头，有点温馨和凄楚的交杂的情味儿。

闭了眼，镇摄着精神，突听见有许多人走来的足步声。

一群的雄武的弁兵，拥着一个高级将官走来。

"俊哥。"这熟悉的声音在耳边叫着。

他张开了眼，站在他面前的是曾九！

"好不容易再见到你，俊哥，我虽在军前，没有一刻忘记了你。我写了多少信，流着泪，在写着，恳求大哥保全着你。"说着，有点凄楚，"好！现在是大事全定了，你可以保全了，只不过……"底下的话再也说不出来。

公俊的双眼是那样的炯炯可畏，足以震慑住他，不让说下去。

"怎样？局面平定？"如已判了死刑的囚犯听见宣布行刑日期似的，并不过度的惊惶，脸色却变得惨白。

曾九有些不忍，但点点头。

"究竟是怎样的？"

"南京攻下了，李秀成也已为我军所捕得。大事全定。俊哥，我劝你死了心吧，跟从了我们……"

公俊凝定着眼珠，空无所见的望着对墙，不知自己置于何所，飘飘浮浮的，浑身有点凉冷。

流不出痛心的泪来。

"还是早点给我一个结局吧，看在老友的面上。我恳求你，这心底的痛楚我受不了！"

曾九避了脸不敢看他，眼中也有了泪光，预备好了的千言万语，带来的赦免的喜悦，全都在无形中丧失掉。

他呆呆的站在那里。

"给我一个结局吧，无论用什么都可以！我受不住，我立刻便要毁去自己！"

良久，曾九勉强的说道："俊哥，别这么着！我带来的是赦免，并不是判决！"

公俊摇摇头。"只求一死！"

"等几时余贼平了时，你可以自由，爱到哪里便可上哪里去。故宅也仍在那里，你家人也都还平安。"

"不，不，只求一死！个人的自由算得了什么，当整个民族的自由，已为不肖的子孙们所出卖的时候！"

怕再有什么不逊的难听的话说出来，曾九站不住，便转身走了。

"俊哥，请你再想想，不必这么坚执！"

"不，只求一死！快给我一个结局，我感谢你不尽！"

那一群人远远的走了。公俊倒在床上，自己支持不住，便哀痛的大哭起来。

夕阳的最后的一缕光芒，微弱的照射在铁栅上，画在地上的格子，是那末灰淡。

铁栅外，卫士们的刀环在铿铿的作响。

1934年6月3日写毕

毁　灭

一

从三山街蔡益所书坊回家，阮大铖满心高兴，阔步跨进他的图书凌乱的书斋，把矮而胖的身子，自己堆放在一张太师椅上，深深吐了一口气，用手理了理浓而长的大胡子，仿佛办妥了一件极重要的大事似的，满脸是得意之色。

随手拿了一本宋本的《李义山集》来看，看不了几行，又随手抛在书桌上了，心底还留着些兴奋的情绪，未曾散尽。

积年的怨气和仇恨，总算一旦消释净尽了。陈定生，那个瘦长个儿的书生，带着苍白的脸，颤抖的声音，一手攀着他的轿辕，气呼呼的叫道："为什么……为什么……要捉我们？"

吴次尾,那个胖胖的满脸红光的人,却急得半句话都说不出,张口结舌的站在那里。而华贵的公子哥儿,侯朝宗,也把一手挡着轿夫的前进,张大了双眼,激动地叫道:

"这是怎么说的?我刚来访友……为什么牵到我身上来?"

用手理理他那浓而长的大胡子,他装做严冷的样子,理也不理他们,只吩咐蔡益所和坊长道:"这几个人交给你们看管着,一会儿校尉便来的。跑掉一个,向你们要人!"一面挥着手命令轿夫快走。四个壮健的汉子,脚下用一用劲,便摆脱了书生们的拦阻,直闯前去,把颤抖而惊骇的骂声留在后面,转一个弯,就连这些声音也听不见了。

大铖心里在匿笑,脸上却还是冰冷冷的,一丝笑容都没有——要回家笑个痛快——他坐在轿里,几次要回头望望,那几个书呆子究竟怎么个惊吓的样子,却碍于大员的体统,不好向轿后看。

"这些小子们也有今日!"他痛快得像咒诅又像欢呼的默语道。

他感到自己的伟大和有权力;第一次把陈年积月的

自卑的黑尘扫除开去。

他曾经那样卑屈的求交于那班人，却都被冷峻的拒绝了。门户之见，竟这样的颠扑不破！而不料一朝权在手，他们却都在他的掌握之中了。书生到底值得几文钱！只会说大话，开空口，妄自尊大。临到利害关头，却也一般的惊惶失色，无可奈何！

为了他们的不中用，更显得自己的有权力，伟大，和手段的泼辣。"好说是不中用的。总得给他们些手段看看。"而权力是那末可爱的东西啊。怪不得人家把握住它，总不肯放手！

丁祭时候的受辱，借戏时候的挨骂，求交于侯方域时的狼狈，想起来便似一块重铅的锤子压在心头。

咬紧了牙齿，想来尚有余恨！那些小子们，自命为名士，清流，好不气焰逼人。直把人逼到无缝可钻入的窘状里去。"也有今日！"他自言自语，把拳头狠狠的击了一下书桌，用力太重了，不觉得把自己的拳头打痛。

"无毒不丈夫。"他把心一横，也顾不得什么舆论，什么良知了。谁叫他们那些小子们从前那样的不给人留余地，今天他也不必给他们留什么余地了。

"还是这样办好！一不做，二不休。"他坐在那里沉吟，自语道。"把他们算到周镳、雷演祚党羽里去！"

他明白马士英是怎样的害怕周、雷，皇上是怎样的痛恨周、雷。一加上周、雷的党羽之名便是一个死。

他站了起来，矮胖的身躯在书斋里很拙钝的挪动着。

窗外的桃花正在盛开，一片的红，映得雪亮的书斋都有些红光在浮泛着。他的黄澄澄的圆胖的多油的脸上，也泛上来一层红的喜色。

他亲手培植的几盆小盆松，栽在古瓷钵里，是那样的顽健苍翠，有若主人般的得时发迹。

二

"您家大人在家么？"一阵急促的乌靴声在天井旁游廊里踏响着。

"在书斋里吧，杨大人！"书童抱琴说道。

大铖从自足的得意的迷惘里醒了转来。

"哈，哈，哈，我正说着龙友今天怎么还不来，你便应声而来；巧极，巧极，请进，请进。我告诉你一件有趣的事……"随时准备好了的笑声，宏亮的脱口而出。

但一看杨文骢的气急败坏的神色，却把他的高兴当

毁 灭

头打回去，像一阵雹雨把满树的蓓蕾都打折了一般。

"时局有点不妙！您听见什么风声么，圆老？"文骢张皇失措的说道。

大铖的心脏像从腔膛里跳出，跑进了冰水里一样，一阵的凉麻。

"出了什么事，龙友？出了什么事？我一点还不知道呢。"他有点气促的说。

文骢坐了下来，镇定了他自己。太阳光带进了的桃花的红影，正射在他金丝绣圆鹤的白缎袍上。

"时局是糟透了！"他叹息道，"我辈真不知死所！难道再要演一次被发左衽的惨剧么？我是打定了主意的。圆老，您有什么救国的方略？——"

大铖着急道："到底是什么事呢，龙友？时局呢，果然是糟透了，但我想……"

底下是要说"小朝廷的大臣恐怕是拿得稳做下去的吧"的话，为了新参预了朝廷大计，不像前月那末可以自由闲评的了，不得不自己矜持着，放出大臣的体态来，这句放肆的无忌惮的话，已到了口边，便又缩了回去。

"恐怕这小朝廷有些不稳呢。"龙友哑声的说道。

"难道兵部方面得到什么特别危急的情报么？"

龙友点点头。

大铖的心肺似大鼓般的重重的被击了一记。

"大事不可为矣！我们也该拿出点主张来。"

"到底是什么事呢？快说出来吧。等会儿再商量。"大铖有点不能忍耐。

"十万火急的军报说——我刚才在兵部接到的，已经差人飞报马公了——中原方面要有个大变，大变！唉，唉。"龙友有点激昂起来，清癯的脸庞，显得更瘦削了，"将军们实在太不可靠了，他们平日高官厚禄，养尊处优，一旦有了事，就一个也不可靠，都只顾自家利益，辜负朝廷，耽误国事。唉，唉，武将如此，我辈文臣真是不知死所了！"

"难道高杰又出了什么花样么？他是史可法信任的人，难道竟献河给北廷了么？"大铖有点惊惶，但也似在意料之中，神色还镇定。

"不，高杰死了！一世枭雄，落得这般的下场！"

"是怎样死的呢？"大铖定了心，反觉得有点舒畅，像拔去一堆碍道的荆棘。高杰是党于史可法的，南都的主事者们对于他都有三分的忌惮。

"是被许定国杀的。"龙友道，"高杰一到了开、洛，自负是宿将，就目中无人起来，要想把许定国的军队夺过去，给他自己带。定国却暗地里和北兵勾结好，表面上对高杰恭顺无比，却把他骗到一个宴会里，下手将他和几个重要将官都杀了。高杰的部下，散去的一半，归降许定国的一半。如今听说定国已拜表北廷，请兵渡河，不久就要南下了！圆老，您想这局面怎么补救呢？这时候还有谁能够阻挡？先帝信任的宿将，只存左良玉和黄得功了。得功部下贪恋扬州的繁华，怎肯北上御敌？良玉是拥众数十万，当武、汉四战之区，独力防闯，又怎能东向开、洛出发？"

大铖慢条斯理的抚弄着他颔下的大把浓胡，沉吟未语，心里已大为安定，没有刚才那末惶惶然了。

"我看的大势还不至全然无望。许定国和北廷那边，都可以设法疏解。我们正遣左懋第到北廷去修好，还可以用缓兵之计。先安内患，将来再和强邻算账，也不为迟。至于对许定国，只可加以抚慰，万不可操切从事。该极力怀柔他，不使他为北廷所用。这我有个成算在……"

书童抱琴闯了进来，说道："爷，马府的许大爷要见，现在门外等。"

龙友就站了起来，说："小弟告辞，先走一步。"

大铖送了他出去。一阵风来，吹落无数桃花瓣，点缀得遍地艳红。衬着碧绿的苍苔砌草，越显得凄楚可怜。诗人的龙友，向来是最关怀花开花落的，今天却熟视无睹的走过去了。

三

"究竟这事怎么办法呢？杀了防河的大将，罪名不小。如果不重重惩治，怎么好整饬军纪？"马士英打着官腔道。

马府的大客厅里，地上铺着美丽夺目的厚毡，向南的窗户都打开了，让太阳光晒进来。几个幕客和阮大铖坐在那里，身子都半浸在朝阳的金光里。

"这事必得严办，而且也得雪一雪高将军的沉冤。"一个幕客道。

"实在，将官们在外面闹得太不成体统了；中央的军令竟有些行不动。必得趁这回大加整饬一番。"

"我也是这个意思。"士英道，"不过操之过急，许定国也许便要叛变。听说他已经和北廷有些联络了。"

大家面面相觑，说不出一句话来。

沉默了好久。图案似的窗外树影，很清晰的射在厚地毡上，地毡上原有的花纹都被搅乱。

"如果出兵去讨伐他呢，有谁可以派遣？有了妥人，也就可使他兼负防河的大责。"士英道。

"这责任太大了，非老先生自行不可。但老先生现负着拱卫南都的大任，又怎能轻身北上呢？必得一个有威望的大臣宿将去才好。"一个幕客道。

"史阁部怎样呢？"士英道。

"他现驻在扬州，总督两淮诸将，论理是可以请他北上的。但去年六月间，高杰和黄得功、刘良佐诸将争夺扬州，演出怪剧，他身为主帅，竟一筹莫展，现在又怎能当此大任呢？况且，黄、刘辈也未必肯舍弃安乐的扬州，向贫苦的北地。"大铖侃侃而谈起来。

"那末左良玉呢，可否请他移师东向？"一位新来的不知南都政局的幕客说。

大铖和士英交换了一个疑惧的眼色。原来左良玉这个名字，在他们心上是个很大的威胁。纷纷藉藉的传言，说是王之明就是故太子，现被马、阮所囚，左良玉有举兵向江南肃清君侧之说。这半个月来，他们两人正在苦思焦虑，要设法消弭这西部的大患，如今这话正触动他们的心病。

但立刻，大铖便几乎带着呵责口气，大声说道："这更不可能！左良玉狼子野心，举止不可测度。他拥众至五十万，流贼归降的居其多教，中央军令，他往往置之不理。外边的谣言，不正在说他要就食江南么？这一个调遣令，却正给他一个移师东向的口实！"

"着呀！"士英点头道，"左良玉是万不可遣动的。何况闯逆犹炽，张献忠虽蛰伏四川，亦眷眷不忘中土，这一支重兵，是决然不能从武汉移调开去的。"

沉默的空气又弥漫了全厅。

这问题是意外的严重。

"圆海，你必定有十全之策，何妨说出来呢？"士英隔了一会，向大铖提示说。

大铖低了头，在看地毡上树影的摆动，外面正吹过一阵不小的春风。

理了理颔下的大浓胡，他徐徐说道："论理呢？这事必得秉公严办一下，方可使悍将骄兵知有朝廷法度。但时势如此，虽有圣人，也决不能一下挽回这积重难返的结习。而况急则生变，徒然使北廷有所借口。我们现在第一件事，是抓住许定国，不放他北走。必须用种种方法羁縻住他，使他安心，不生猜忌。所以必得赶快派人北上去疏解，去抚慰他，一面赶快下诏安抚他的军心，迟了必然生变！目前正是用人之际，也顾不得什么威信，什么纲纪了。"

"但他仇杀高杰的事怎么辩解呢？"士英道。

"那也不难。高杰骄悍不法，为众所知。他久已孤立无援，决不会有人为他报复的。我们只消小施诡计，便可面面俱到了，就说高杰克扣军饷，士卒哗变，他不幸为部下所杀，还亏得许定国抚辑其众，未生大变。就不妨借此奖赏他一番，一面虚张声势，说要出重赏以求刺杀高某的贼人，借此掩饰外人耳目。这样，定国必定感激恩帅，为我所用了。"

"此计大妙！此计大妙！"士英微笑点头称赞道，仿佛一天的愁云便从此消散净尽一般。"究竟圆海是成竹在胸，真不愧智囊之目！"说着一只肥胖红润的大手，连连抚拍大铖的肩膀。

大铖觉得有些忸怩，但立刻便又坦然了，当即呵呵大笑道："事如有成，还是托恩帅的鸿福！"

四

但许定国并不曾受南朝的笼络，他早已向北廷通款迎降，将黄河险要双手捧到清国摄政王的面前了。关外的十万精悍铁骑，早已浩浩荡荡，渡河而过，正在等待时机，要南向两淮进发。

"真想不到许定国竟会投北呢！"士英蹙额皱眉的说，"总怪我们走差了一着。当初不教高杰去防河，此事便不会有；高、许不争帅，此事也不会有……"

"不是我说句下井投石的话，这事全坏在高杰之手！高杰不北上防河，许定国是决不会激叛的。"大铖苦着脸说，长胡子的尖端，被拉得更是起劲。本来还想说，也该归咎于史可法的举荐失人，但一转念之间，终于把这话倒咽下去。

彼此都皱着眉头坐在那里，相对无言。树影在地毯上移动，大宣炉里一炉好香的烟气，袅袅不断的上升。东面的壁衣浴在太阳光里，上面附着的金碧锦绣，反射出耀目的光彩。中堂挂着的一幅陈所翁的墨龙，张牙舞爪的像要飞舞下来。西壁是一幅马和之的山水，那种细软柔和的笔触，直欲凸出绢面来，令人忘记了是坐在京市的宅院里。

但一切都不会使坐在那里的人们发生兴趣。切身的焦虑攫住了他们的心，不断地在啮，在咬，在啃。

这满族的南侵，破坏了他们的优游华贵的生活，是无疑的。许定国的献河，至少会炽起北廷乘机解决南都的欲望，定国对于南都的兵力和一切弱点是了若指掌的。他知道怎样为自己的地位打算，怎样可以保全自己的实力和地盘。马士英他们呢，当然也是身家之念更重于国家的兴亡。但他们的一切享受，究竟是依傍南朝而有的。南朝一旦倾覆，他们还不要像失群的雁或失水的鱼一般感着狼狈么？

于是，将怎样保全这个小朝廷，也就是将怎样保全他们自己的身家的念头，横梗在他们心上。

"圆海，那条计既行不通，你还有何策呢？"

大铖在硬木大椅上，挪动了一下圆胖的身体，迟疑的答道："那，那，待下官仔细想一想……除了用缓兵之计，稳住了北廷的兵马之外，是别无他策的了。只要北兵不渡淮，无论答应他们什么条件都可以。从前石晋拿燕云之地给契丹，宋朝岁奉巨币赂辽金，都无非不欲因小而失大，情愿忍痛一时，保全实力，徐图后举的。"这

桂公塘

迁阔之论，只算得他的无话可答的回答，连他自己也不知在说什么。

"但是北廷的兵马，怎么就肯中止开、洛不再南下呢？我们再能给他们什么利益呢？现在是北京中原都已失去的了！"士英道。

大铖沉吟不语，只不住的抚摸浓胡，摸得一根根油光乌黑。

只有一个最后的希望：北廷能够知足而止，能够以理折服。左懋第的口才，能够感动北军中大将，也未可知。但这却要看天意，非人力所能为了。此时这种希望的影子，还像金色绿色紫色的琉璃宫瓦在太阳光中闪烁摇曳那样的，捉摸不定。

"也只有尽人事以听天命的了！"大铖叹息道。

浓浓的阴影爬在每个人的心上，飘摇的不知自己置身何所，更不知明天要变成怎样一个局面。只有极微渺的一星星希望，像天色将明时油灯里的残烬似的一眨一眨地跳动。

突然的，一阵沉重的足步声急促的从外而来，一个门役报告道："史阁部大人在门口了，说有机密大事立刻要见恩帅！"

厅中的空气立刻感得压迫严重起来。

"圆海，你到我书斋里先坐一会儿吧。我们还有事要细谈。也许今夜便在这里作竟夜谈，不必走了。"士英吩咐道。

大铖连连的答应退入厅后去。

五

"糟了！糟了！"士英一进了书斋，便跌足的叫道，脸色灰败得如死人的一般。

大铖不敢问他什么，但知道史阁部带来的必是极严重的消息。眼前一阵乌黑，显见得是凶多吉少，胸膛里空洞洞的，霎时间富贵荣华，亲仇恩怨，都似雪狮子见了火一般，化作了一摊清水。

"圆海，"士英坐了下来叫道，"什么都完结了！北兵是旦暮之间就要南下的！许定国做了先锋！这罪该万死的逆贼！还有谁挡得住他呢？史可法自告奋勇，要去防守两淮。但黄得功和二刘的兵马怎么可靠？怎么敌得住北兵正盛的声势？我们都要完了吧！"

像空虚了一切似的黯然的颓丧。

沉重而窒塞的沉默和空虚！铜壶里的滴漏声都可以

听得见。阶下有两个书童在那里听候使唤。他们也沉静得像一对泥人，但呼吸和心脏的搏动声规律地从碧窗纱里送进来。

太阳光的金影还在西墙头，未曾爬过去。但一只早出的蝙蝠已经燕子一般轻快的在阶前拍翼了。

"我们的能力已经用尽了，还有什么办法可想呢？"大铖凄然的叹道，那黄胖的圆脸，划上一道道苦痕，活像一个被斩下来装在小木笼里的首级。"依我说，除了缓兵或干脆迎降之外，实在没有第三条路可以走的！"

"迎降"这两个大字很响亮的从大铖的口中发出，他自己也奇怪，素来是谨慎小心的自己，怎么竟会把这可怕的两个字，脱口而出！

"说来呢，小朝廷也实在无可依恋了。"士英也披肝沥胆的说道，"我们的敌人是那末多。就使南朝站得住，我们的富贵也岂能永保？史可法、黄得功、左良玉，他们有实力的人，个个是反对我们的。我只仗着那支京师拱卫军，你是知道的，那些小将官如何中得用？十个兵的饷额，倒被吞去了七个。干脆是没有办法的！"他低了声，"圆海，你我说句肺腑话吧，只要身家财产能够保得住，便归了北也没有什么。那劳什子的什么官，我也不想做下去了。"

大铖心里一阵的明亮，渐渐的又有了生气。"可不是么，恩帅？敌是敌不过的，枉送了许多人的性命，好不作孽！'识时务者为俊杰。'我听见史可程说过——他刚从北边来，你老见过他么？——"

士英摇摇头道："不曾。但听说，史可法当他是汉奸，上了本，说什么'大义灭亲'，自行举发，要办他个重重的罪呢。但皇上总碍着可法的面子，不好认真办他，只把他拘禁在家。用一个养母终老的名义，前事一字不提了。"

"可还不是那末一套，不过可程倒是个可亲近的人，没有他哥的那股傻八轮东的劲儿。他和我说起过，老闯进了京师，闹得鸡犬不宁，要不是他老太爷从前一个奴才做了老闯的亲信，他也几乎不免。有钱的国戚大僚，没有一个不被搜括干净的，还受了百般的难堪的刑罚，什么都给抬了去。但说北兵却厚道，有纪律，进了城，首先便禁止掳掠。杀了好多乘风打劫的土棍。有洪老在那边呢，凡事都做得主。过几天，就要改葬先帝，恢复旧官的产业，发还府第了。人家是王者之师，可说是市井不惊，秋毫无扰，哪里像老闯们那么暴乱的？我当初不大信他的话，但有一个舍亲，在京做部曹的，也南来了，同他说的丝毫无二。还说是南北来往可以无阻，并不查禁京官回籍的。"放低了声音，"确是王者之师呢。周府被老闯夺去了的财物，查明了，也都发还了。难道天意真是属于北廷了？"说至此声音更低，两个头也几乎碰在一处。"听说北方有种种吉祥的征兆呢。洪老师那边，小弟有熟人；他对小弟也甚有恩意。倒不妨先去联络联络。"

士英叹了一口气道："论理呢，这小朝廷是我们手创的，哪有不与共存亡之理？但时势至此，也顾不得了。'孺子可保则保之。'要是天意不顺的话，也只好出于那一途了。"又放低了声音，附着大铖的耳边，说道："洪老那边，倒要仗吾兄为弟关照一下。"

大铖点点头，不说什么。他向来对士英是卑躬屈节惯了的，不知怎样，他今天的地位却有些特别。在马府里，虽是心腹，也向来都以幕僚看待，今天他却像成了士英的同列人了。

"要能如此，弟固不失为富家翁，兄也稳稳还在文学侍从之列。"士英呵呵大笑的拿这预言做结束。

桌边，满是书箱，楠木打成的。箱里的古书，大铖是很熟悉的，无不是珍秘的钞本，宋元的刻本。他最爱那宋刻的唐人小集，那么隽美的笔划，恰好和那清逸的诗篇相配称，一翻开来便值得心醉。士英也怪喜爱它。还有世彩堂廖刻的几部书，字是银钩铁划，纸是那么洁白无纤尘。地上放着一个小方箱，是士英近几天才得到的一部《淮海诗词集》。箱顶上的一列小箱，是宋拓的古帖。两个大立柜，放在地上，占了书斋的三分之一的地盘。那里面是许多唐宋名家的字画。地上的一个哥窑的大口圆瓶，随意插放着几轴小幅的山水花卉。随手取一卷来打开，却是倪云林画的拳石古松。

窗外是蓬蓬郁郁的奇花异木，以及玲珑剔透的怪石奇峰。月亮从东边刚上来，还带着些未清醒的黄晕。一支白梨花，正横在窗前，那花影被月光带映在栗色的大花梨木书桌上，怪有丰致的。

大铖他自己家里，也正充斥着这一切不忍舍弃的图书珍玩。他总得设法保全它们。这是先民的精灵所系呢！要是一旦由它们失之，那罪孽还能赎吗？单为了这保全文化的责任，他们也得筹个万全之策。

那一夜，他们俩密谈到鸡鸣；书童们在廊下瞌睡，被唤醒添香换茶，不止两三次。

六

"恩帅，听见外边的谣言了么？风声不大好呢，还是针对着我们两个发的！但北廷方面倒反而像没有什么警报了。"大铖仓仓皇皇的闯了进来，就不转气的连说了这一大套。

士英脸色焦黄，像已吓破了胆，一点主意也没有。他颤抖抖的说道："不是谣言，是实在的事。但怎么办呢，圆海？这可厉害呢。不比北兵！北兵过了河，就停顿在那里了，一时不至于南下。我见到那人的檄文呢，上面的话可厉害。"

随手从栗色花梨木大书桌上的乱纸堆里捡出一份檄文递给大铖。

大铖随读随变了色。"这是从哪里说起？国势危急到这地步，还要自己火并吗！"

"不是火并，圆海，他说的是清君侧呢。"放低了声音。"尽有人同情他呢。你知道，我的兵是没法和他抵抗的。他这一来，是浩浩荡荡的沿江而下，奔向东南。怎样办呢？听说有十几万人马呢。圆海，你得想一个法子，否则，我们都是没命的了！共富贵的尽有人，共患难的可难说了！"士英大有感慨的叹道。

大铖脸上也现着从未曾有的忧郁，黄胖的脸，更是焦黄得可怕，坐在那里，老抚摸自己的胡子，一声不响。

他眼望着壁上的画轴，却实在空茫茫的一无所见。他想前想后，一肚子的闷气，觉得误会他的人实在太多了！他又何曾作过什么大逆不道的罪孽！为什么有这许多人站在那里反对他？至于马士英，他是当朝掌着生杀大权的，他自己为什么也被打入他的一行列里去？心里有点后悔，但更甚的是懊丧。马、阮这两个姓联在一处，便成了咒诅的目的。这怨尤是因何招来的呢？他自己也不大明白！……心里只觉得刺痛。仿佛立在绝壁之下，断断不能退缩。还是横一横心吧！……他是不能任人宰割的！……不，不，只要他还有一口气在，他总得反抗！什么国家，什么民族，他都可牺牲，都不顾恤！但他不得不保护自己，决不能让仇人们占了上风……不，不能的！他阮胡子也不是好惹的呀！他也还有几分急智干才可以用。他总得自救，他断不退缩！

只在那一刹那间，他便打定了主意：绝对不能退，退一步，便退入陷阱里去。干，不退却，他狠狠的摸着自己的胡子，仿佛那胡子被拉得急了，便会替他想出什么却敌的妙计来似的。

室中沉寂得连自己心肺的搏动也清晰可闻。士英知道他在深谋默策，便不去打扰他，只把眼光盯在窗外，一阵阵的幽香从窗口喷射进来。新近有人从福建送了十几盆绝品的素心兰给他，栽在绿地白花的古窑的方盆里。他很喜爱它们，有十几箭枝叶生得直堪入画，正请了几个门下的画师在布稿，预备刊一部兰谱。墙角的几株高到檐际的芭蕉，把浓绿直送入窗边。满满的一树珍珠梅，似雪点般的细密的白花正在盛放。太阳光是那么可爱的遍地照射着。几只大凤蝶，带着新妍斑斓的一双大粉翼，在那里自由自在的飞着。一口汉代的大铜瓶里，插着几朵紫红色牡丹花，朵朵大如果盆，正放在书桌上。古玩架上，一个柴窑的磁碗里，正养着一只绿毛小龟，那背上的绿毛，细长纤直，鲜翠可爱，一点没有曲折，也没有一点污秽的杂物夹杂在里面。白色的搪磁小钵里，栽着一株小盆松，高仅及三寸，而蟠悍之势，却似冲天的大木。一个胭脂色的玉碗，说是太真的遗物，摆设在一只大白玉瓶旁边，那瓶里插的是几枝朱红耀眼的大珊瑚。

老盯在这些清玩的器物上，士英的眼光有些酸溜溜的。在这样的好天气，好春景里，难道竟要和这一切的珍品一旦告别么？辛苦了一世的收藏，竟将一旦属于他人么？万端的愁绪，万种的依回；而前月新娶的侍姬阿娇，又那么的婉转依人，娇媚可喜，……难道也将从他身旁眼睁睁看她被人夺去么？

他有些不服气，决计要和这不幸的运命抗争到底。但有什么反抗的力量呢？他是明白他自己和他的军队的。他知道这一年来，当朝执政的结果是结下了许许多多的死活冤家。左良玉的军队一到南京，他就决然无幸，比铁券书上的文字还要确定的。左军向江南移动的目的，一面说是就食，一面却是铲除他和大铖。他想不出丝毫抵抗的办法。他心里充满着颓丧、顾惜、依恋、恐怖的情绪。……迟之又久，他竟想到向北逃亡……

"这一着可对了！"大铖叫了起来，把士英从迷惘里惊醒。

"有了什么妙计么？"士英懒懒的问。

"这一着棋下得绝妙，若不中，我不姓阮！"大铖面有得色的说道。

士英随着宽了几分心，问道："怎样呢，圆海？如有什么破费，我们断不吝惜！"

"倒是要用几文的,但不必多。"随即放低了声音说
道,"这是可谓一箭双雕,我们设法劝诱黄得功撤了淮防
的兵,叫他向西去抵抗左师。如今得功正以勤王报国自
命,我们一面发他一份重饷,一面用御旨命令,他决没
有不去的。他决不敢抗命!两虎相斗,必有一伤。但我
们却可保全了一时。此计不怕不妥!若得功阻挡不住,
那我还有一计,那得用到诗人杨龙友了。"

"就派人去请龙友来!"

<h2 style="text-align:center">七</h2>

杨龙友为了侯朝宗的被捕,心里很不高兴。苏昆生到
过他寓所好几趟了,只是恳切的求救于他。他知道这事非
阮大铖不能了,也曾跑到大铖那里去,却扑了一个空。

这两天,西师的风声很紧,他也知道。只得暂时放
下了这条营救人的心肠,呆呆的坐在家里发闷。要拿起
笔来画些什么,但茫然若失的情绪却使他的笔触成为乱
抹胡涂的情形,没有一笔是自己满意的。他一赌气,掷
了笔不画了,躺在炕床上,枕着妃色的软垫,拿着一本
苏长公小品读读,却也读不进什么去。

他没有什么牵挂。他的爱妾,已经慷慨的和他说

过，要有什么不测，她是打算侍候他一同报国的。所不能忘情的，只有小小一批藏书和字画。他虽然不能和阮、马争购什么，在那里面，却着实有些精品，都是他费了好些心血搜求来的。但那也是身外物，……说抛却，便也不难抛却。

但终不能忘情……，心里只是慌慌的，空洞洞的，不知道在乱些什么。

西师的趋向江南，他虽不怎样重视，却未免为国家担忧。在这危急关头，他诚心的不愿看见自己兄弟的火并，而为了和阮、马的不浅的交谊，也有些不忍坐视他们一旦倒下去。

马府请他的人来，这才打断他的茫然的幻想，但还是迷迷糊糊的，像完全没有睡醒。

"哈，哈，龙友，不请，你竟绝迹不来呢！"士英笑着说，"有要事要托你一办。"

"这事非龙友不办，只好全权奉托！"大铖向他作了一个揖说。

龙友有点迷惘，一时说不出什么来。

"你和侯朝宗不是很熟悉么？"大铖接着道。

龙友被触动了心事，道："不错，侯朝宗，为了他的事，我正想来托圆老。昨天到府上去……"

大铖打断了他的话，说道："我都知道，那话可不必再提。已经吩咐他们立刻释放他出来了。现在求你的是，托你向侯生一说，要他写一信阻止左师的东向。他父亲是左良玉的恩主。左某一生最信服他，敬重他的。侯生不妨冒托他父亲的名义，作信给左某，指陈天下大势以及国家危急之状，叫他不要倡乱害国。这封信必要写得畅达痛切，非侯生不办。"

"朝宗肯写这信么？"龙友沉吟道。

"责以大义，没有不肯写的。"大铖道，"你可告诉他，如今正是国家危急存亡之际，再也谈不到什么恩怨亲仇了。北廷顿兵于开、洛，其意莫测，老闯余众尚盛，岂宜自己阋墙？朝廷决不咎左良玉既往之事，只要他肯退兵。侯生是有血性之人，一定肯写这封信的。"

"为了国家，"龙友凄然的说道，"我不顾老脸去劝他，死活叫他写了这信就是。"

"着呵，"士英道，"龙友真不愧为我们的患难交！"

"但全是为国家计。国事危急至此，我们内部无论如何，是不能再自动干戈的！在这一点上，我想，朝宗一定会和我们同意。"

"如果左师非来不可，我们也只得拱手奉让，决不和他以兵戎相见。"大铖虚伪的敷衍道。

士英道："着呵。我们的国家是断乎不宜再有内战的了。我什么都可以退让，只要他们有办法提出。我不是恋栈的人，我随时都可以走，只要有了替代人。"

"可不是，"大铖道，"苟有利于国，我们是不惜牺牲一切的。但中枢不宜轻动。这是必要的！任他人有什么批评，马公是要尽心力维持到底的！"

龙友不说什么，立了起来，道："事不宜迟，我便到朝宗那边去。"

八

侯朝宗冒他父亲之名的信发出了，但同时，黄得功的那支兵马也被调到江防。淮防完全空虚了。史可法异常着急，再没有得力的军队可以填补，深怕清兵得了这个消息，乘虚扑了来。

而这时，西兵已经很快的便瓦解了。左良玉中途病死，部下四散，南都的西顾之忧，已是不成问题。

马、阮们心上落下了一大块石头。南都里几位盼着朝政有改革清明的一线希望的人，又都灰了心。

秦淮河边的人们，仍是歌舞沉酣，大家享受着，娱乐着。马、阮心上好不痛快。便又故态复萌，横征暴敛，报复冤仇，享受着这小朝廷的大臣们的最高权威。过一天，算一天。一点不担心什么。

但，像黄河决了口似的，没等到黄得功的回防，清廷的铁骑，已经澎湃奔腾，疾驰南下。史可法和黄得功只好草草的在扬州附近布了防。

经不起略重的一击，黄得功第一战便死于阵上，扬州被攻破，史可法投江自杀。

这噩耗传到了南京，立刻起了一阵极大的骚乱。城内，每天家家户户都在纷纷攘攘，搬东移西，像一桶的泥鳅似的在绞乱着。已经有不逞的无赖子们在动乱，声言要抄劫奸臣恶官们的家产，烧毁他们的房屋。

阮府、马府的门上，不时，深夜有人去投石，在照墙上贴没头揭帖，说是定于某日来烧房，或是说，某日要来抢掠。

终日有兵队在那里防守，但兵士们的本身便是动乱分子里的一部分。纪律和秩序，渐渐的维持不住。

一夕数惊，说是清兵已经水陆并进，沿江而来。官府贴了安民的大布告，禁止迁居。但搬走的，逃到乡下去的，仍旧一天天的多起来，连城门口都被堵塞。

　　什么样的谣言都有，几乎一天之内，总有十几种不同的说法，可惊的又可喜的，时而恐慌，时而暂为宽怀。有的说，某处勤王兵已经到了。有的说，许定国原是诈降的，现在已经反正，并杀得清兵鼠窜北逃了。有的说，因了神兵助阵，某某义军大破北兵于某处。……但立刻，这一切喜讯便都被证明为伪造。北兵是一天天的走近了来，无人可抵挡。竟不设防，也竟无可调去设防的兵马。他们如入无人之地。劝降的檄文，雪片似的飞来，人心更为之摇动。

　　"看这情形，在北军没到之前，城内会有一场大劫呢。泼皮们是那样的骚动。"大铖担心的说。

　　士英苦着脸，悄悄的道："刚从宫里出来，皇上有迁都之意，可还说不定向哪里迁。"

　　"可不是，向哪里迁呢？"

　　"总以逃出这座危城为第一着，他们都在料理行装。"

　　大铖还不想搬动。北兵入了城，他总以为自己是没有什么危险的。

　　"我们怎么办呢？随驾？留守？"士英向大铖眨眨眼。他是想借口随驾而溜回家乡去的。

"留守为上。我们还有不少兵，听说，江南的义军，风起云涌似的出来了，也尽够坚守一时。"大铖好像不明白他的意思似的说道。

士英走向他身旁，悄悄的道："你，不知道么？我的兵是根本靠不住的。这两天，他们已经混入泼皮队里去了。逃难人的箱笼被劫的已经不少。还有公然白昼入民房打劫的。谁都不敢过问。我不能维持这都城的治安。……但北兵还不来……就在这几天，我们得小心……刚才当差的来说，有人在贴揭帖，说到聚众烧我们的宅子。南京住不下去了，还以早走为是。"

"难道几天工夫都没法维持么？"

"没有办法。可虑的是，泼皮们竟勾结了队伍要大干。"

大铖也有点惊慌起来，想不到局面已糟到如此。

留居的计划根本上动摇起来。

九

大铖回了家，抱琴哭丧着脸，给他一张揭帖。

"遍街贴着呢，我们的照壁上也有一张。说不定哪一天会出事。您老人家得想想法子。"

"坊卒管什么事的！让这些泼皮们这样胡闹！"大铖装着威风，厉声道。

"没有，劝阻不了他们。五爷去阻止了他们一会，吃了一下老大的拳头，吓得连忙逃回家。"

"不会撕下的么，没用的东西！"

"撕不净，遍街都是。早上刚从照壁撕下一张，鬼知道什么时候又有一张贴上去了。"

大铖心头有点冷，胸膛里有点发空。他只在书斋里低头的走，很艰难的挪动他那矮短的胖腿。

"您老人家得打打主意。"门上的老当差，阮伍，所谓五爷的，气呼呼的走进来叫道，"皇上的銮驾已经出城门去了！"

"什么！"大铖吃惊的抬头。"他们走了？"

"是的，马府那边也搬得一空了。小的刚才碰见他们那边的马升，他押着好几十车行李说，马爷骑着马，在前面走呢。"

他走前几步，低声的说："禀老爷，得早早打主意。城里已经没了主。刚才在大街上碰见一班不三不四的小泼皮，有我们的仇人王福在里面，仿佛是会齐商量什么似的，我只听见'裤裆子阮'的一句。王福见了我，向他们眨眨眼，便都不声不响了。有点不妙，老爷。难道真应了揭帖上的话？"

大铖不说什么，只挥一挥手。阮伍退了出来，刚走到门口。

"站住，有话告诉你。"

阮伍连忙垂手站住了。

"叫他们后边准备车辆。多预备些车辆。"

阮伍诺诺连声的走去。

大铖是一心的忙乱，叫道："抱琴，"他正站在自己的身旁，"你看这书斋里有什么该收拾收拾的？"

"书呢？古玩呢？"

"都要！"

"怕一时归着不好。"

"快些动手，叫携书他们来帮你。"

"嗉！但是没有箱子好放呢，您老人家。"

书斋里实在太乱了，可带走的东西太多，不知怎样的拣选才好。

一大批他所爱的曲本，只好先抛弃下，那不是什么难得的。但宋版书和精钞的本子是都要随身带走的。还有他自己的写作，未刻成的，那几箱子的宋元的字画，那些宋窑，汉玉，周鼎，古镜，没有一样是舍弃得下的。他费了多少年的心力，培植得百十盆小盆景，没有一盆肯放下，但怎么能带着走呢？箱子备了不到五十只，都已装满书了。

"有的东西，不会用毡子布匹来包装么？蠢才！"

但实在一时收拾不了；什么都是丢不下的，但能够随身携带的实在太少了。收了这件，舍不下那件，选得这物，舍弃不掉那物。忙乱了半天，还是一团糟。从前搜括的时候，只嫌其少，现在却又嫌其太多了。

"北兵得什么时候到呢？"他忘形的问道。

"听说，沿途搜杀黄军，还得三五天才能进城，但安民告示已经有了。"抱琴道，"那上面还牵连爷，您老人家的事呢。"他无心的说。

"什么！"大铖的身子冷了半截。"怎么说的？"圆睁了双眼，狼狈得像被绑出去处刑似的。

"说是什么罪，小的不大清楚。只听人说北兵是来打倒奸贼，解民倒悬的，倒有人想着要迎接他们哩！"

大铖软瘫在一张太师椅上垂头不语。他明白，自己是成了政争的牺牲品了。众矢之的，万恶所归。没法辩解，不能剖释。最后的一条路，也被塞绝。

逃，匿姓隐名的逃到深山穷谷，只有这条路可走了。还须快。一迟疑，便要脱不得身。

挣扎起身子，精神奋发得多，匆匆向内宅跑去。

十

说是轻装，不带什么，却也有十来车的行李。大铖他自己更换了破旧的衣服，戴着凉帽，骑着一匹快走的毛驴，远远的离开车辆几十步路，装作平常逃难人似的走着。生怕有人注意，凉帽的檐几乎遮到眉头。

满街上都是人，哄哄乱乱的在跑，在窜，在搬运，像没有头的苍蝇似的，乱成一团，挤成一堆。几个不三不四的恶少年，站在街上，暗暗的探望。

"南门出了劫案呢，不能走了！"一堆人由南直往北奔，嘈杂杂的大嚷。

"抢的是谁？"

"马士英那家伙。有百十辆大车呢，满是金银珍宝，全给土匪抢光了，只逃走了他。"

"痛快！天有眼睛！"途人祷告似的这样说。

吓得大铖的车辆再不敢往南奔。回转来，向西走。车辆人马挤塞住了。好容易才拐过弯来。

一阵火光，冲天而上。远远的有呐喊声。

"哈，哈，"一个人带笑的奔过，"马士英家着火了！"

大铖感到一阵的晕眩，头壳里嗡嗡作响，身子是麻木冰冷的。

他必定要同马士英同运，这，在他是明了得像太阳光一般的前途。

火光更大，有黑灰满街上飞。

"这是烧掉的绸缎布匹呢，那黑灰还带着些彩纹，不曾烧尽。"

又是一阵的更细的黑灰，飘飘拂拂的飞扬在天空。一张大的灰，还未化尽，在那里蝴蝶似的慢慢的向下翻飞。大铖在驴上一眼望过去，仿佛像是一条大龙的身段。他明白，那必是悬挂在中堂的那幅陈所翁的墨龙遭到劫运了。

一阵心痛。有种说不出的凄凉意味。

呐喊的声音远远的传来。怕事的都躲在人家屋檐下，或走入冷巷里去。商铺都上了板门。大铖也把毛驴带入巷口。

无数的少年们在奔，在喊，像千军万马的疾驰过去。有的铁板似的脸，有的还在笑，在骂，在打闹，但都足不停步的奔跑着。

"到裤裆子阮家去啊！"

宏大的不断的声音这么喊着，那群众的队伍直向裤裆子那条巷奔去。

大铖又感到一阵凉麻，知道自己的家是丧失定了。他的书斋里，那一大批的词曲，有不少秘本，原稿本，龙友屡次向他借钞，而他吝啬不给的，如今是都将失去了。半生辛苦所培植的小盆景。……真堪痛心！乃竟将被他们一朝毁坏！唐宋古磁，还有那一大批的宋元人的文集，以及国朝人的许多诗文集，也竟将全部失去！可怕的毁灭！他但愿被抢去，被劫走，还可以保存在人间，……但不该放一把火烧掉呵！……

"啊，不好。"他想起了客厅里挂的那几幅赵孟頫的马，倪云林的小景，文与可的竹，苏东坡的墨迹，都来不及收下。该死，他竟忘记了它们！如今也在劫数之中！还有，还有，……一切的珍品，都逐一的在他脑里显现出来，仿佛都在那里争诉自己的不幸，在那里责骂他这收藏者，辜负所托！

"但愿被抢，不可放火！"他呢喃的祈祷似的低念着万一的希望！

又是隐约的一阵呐喊声，随风送了过来。

"阿弥陀佛，"一个路人念着佛，"裤裆子阮家也烧了！"

大铖吓得一跳，抬起头来，可不是，又是一支黑烟夹着火光，冲天而去。

眼前一阵乌黑，几乎堕下驴来。

"可惜给那小子走了！"巷口走过一个人说道。

"但他的行李车也给截留了。光光的一个身子逃走也没用。一生搜括，原只为别人看管一时。做奸臣的哪有好下场！"

大铖这时才注意到，他的行李车辆，并不曾跟他同来。不知在什么时候竟相失了。

一身的空虚，一心的空虚，像生了一场大病似的，他软瘫瘫的伏在驴上，慢慢的走到水西门，不知走向什么地方去的好。

1934年9月29日写毕

惊 悸

我低着头顺马路一直往北走。"靠边走！"如迅雷似的一声响，把我惊了一跳。抬头见前面一只黄色的手臂乱挥着，把行人、车、马，都赶到大车道上来。马路上立刻静悄悄的人烟断绝，只有向南来的一阵兵。很奇怪，他们为什么靠着马路两旁走?为什么一阵马兵一阵步兵的间着走?我心里印上了这几个疑问的符号，立刻命令着腿停止，眼睁睁的只向他们望。那一师那一营的兵士开拔吗?不对！总统出门吗?不对！什么大官僚死了，他们替他送丧吗?不对！……心里只管画了许多耳朵，只是一个个的遭了否决。忽然……奇怪！为什么又有二辆大车夹在阵伍中间走？大车上还坐着好几个人——一辆是四个人，一辆是五个人——呀！绝顶的奇怪！他们几个人为什么都把双手反缚着?可怕呀！他们的脸色！为什么这般白?为什么他们嘴唇都颤震着?……可怕！我回头来不敢再看了。兵都过去了，两辆大车也慢腾腾一步一步地夹在他们中间向前进。末了有一个兵官和一个抱着令箭的兵，押着阵过去了。

"是呀！往下斜街去了！"

"当中一个年轻的长得相貌很好，真可惜！"

我立刻明白了！一阵……咳，一阵说不出的感觉，来侵袭我了。打了几个寒战，心里只觉得软柔柔的，……真说不出……苦……苦……怕！灵魂跟着这两辆大车一块去了！腿也软软的大半天走不动。

食饭，只觉得……咳！不敢想！我只觉……悸……战……不知道为什么心里只是软柔柔的……

睡了！

忽觉得自己也坐着大车，被一阵兵押着由大街出城。到了！一片广场，除了几丛高粱，只有起伏的黄土堆。双手反剪着。神魂摇筑筑的，……只觉着四周围着许多张口舞爪的虎豹，等时候一齐扑来。

咳！惊悸呀！我受够了！为什么还不……

火光一闪，身边一个东西抶了……

忽地醒来，心里还嘭嘭的跳个不住，桌上一盏如豆的灯，放出绿惨惨的火苗……一身都是冷汗。

兄弟们呀！你们心里也软柔柔的吗?……两手满染着血，为什么?

咳！人呀！你们为什么……?

觉着有一点血腥气……心里只是软柔柔的……说不出……

（原载1920年9月8日《晨报》）

平凡地毁了一生

他死了。他的一生就如此平凡地摧毁了。

他是一个强健的活泼的青年。身体矮而肥胖；大而坚实的头上，有许多疤痕，都光滑地不长头发，把他顽皮而屡蒙颠仆、鞭打的历史表现出来。然而他大起来究竟知道一些世事。他的大而粗糙、血管蛛网似的布满着的手，也能够做许多事情，如用石膏摆在铜模里做出白而硬的粉笔，把五倍子造成蓝黑汁之类。他竟是一个工艺家。他买来一部催眠术函授讲义，学了一两个月，竟能把他的后母及他的同学们催眠着。他想悬牌开一精神疗养院，但是终为学校里的可恶的功课和他专制的父亲所妨碍，不能成功。这也没有什么关系。他还会算命和一些医生的知识，能抡着大而粗的手，张着大而阔的嘴，用不南不北的口音为人卜命运呢。他的志向真大而高尚，可是苦得太复杂些。

他学着俄文，将来可以做一个外交官。可是学校的年限太长了，他等不及，他想缩短些学业期间，早一些毕业，可以独立生活。二十岁已经成年的人了，还靠着父亲生活，真觉着羞耻呀！有一天，他看一段报上的新闻，说留法勤工俭学这样这样的好，他心里不觉怦然而动，想从苦里出身，做一个人上的人，就立刻跑去同他父亲商量，要赴法国勤工俭学去。但是被他的专制而顽固的父亲拒绝了。他懊丧得很，可是也没有法子，谁叫你自己不会独立挣着钱去留学呢？

　　他发愤想自己弄些钱。可是做什么事好呢？设立精神疗养院，看一个病人可以得二十、三十乃至五十、一百元。这是再好不过了。但是学校里可恶的功课和他的专制的父亲总是妨碍着他的这个计划的实现。算命……呀，太不像样，利益又太薄了。最后有了办法了，他想著一部书，可以卖得很多钱，这是名利双收的好方法，许多人都做过了。可是他的书讲什么好呢？他委实决断不下。写——写——写，究竟写什么呢？手颤着，头脑变了木头似的，咳，究竟想不出什么话来写。他明白了，这是他国文程度太坏的原故。他很懊悔小的时候，为什么不用功来念书。赵先生总是迫他读古文，他恨极了，总是托故逃学，在外面与一班顽童掷钱，放风筝，排阵操练。现在可知道自己的不对了。好在还不晚，还可以补习呢。

他把家里藏着的文选、史记菁华、古文辞类纂都拿出来，天天的念。可是不认识的字、不明白的句子太多了。问谁呢？一月——两月——糊涂的念——啊，他又觉着这个方法迟缓了。——这究竟不是办法。但是除此以外，再也想不到别的弄钱的方法。只好暂时搁着吧。

他有好几个朋友在一个会里服务，教教书，调查调查人力车夫，还常把服务的好处讲给他们同学听；他们很觉愉快而活泼，在外面也非常活动。他很羡慕他们。人是社会的一分子，处在这样腐败的社会里，哪能放弃了自己的神圣的责任，不去服务社会、改良风俗呢？他立定了志向，就要求他们介绍，也入了这个会。很好！会里的人都很看得起他，腾出一点钟的算学功课来，请他教。他很喜欢；愉快、活泼地教着书，很能发挥出博爱、人道的精神。人力车要拣着老头子拉的车坐，拉的慢也不动火，当多给他们几个铜子。剃头——剪发——也要到生意清淡的下等理发所里去，因为很可怜他们，要照顾他们一些生意。又入了查经班，每礼拜六到青年会去一次，研究基督的圣训。

冬天到了，有几个大慈善家拿出一些钱来，交给这个会，叫他们散发给有病的不能过年的贫民。他们分区调查这种贫民；他也担任了一区的调查的事。他拿着调查表，冒着风雪，到各巡警分派出所里，问他们所辖的贫民的住址。他自己亲到那破屋病榻之前，慰问这些贫民。把他们的姓名、年龄、病状依式填在调查表上。三十那一天，是散发米钱的日子。他依着调查表，把米钱分给那些贫民，整整的忙了一天。到了晚上，匆匆的吃过年酒，又出去散钱了。他究竟是一个能实行的大社会改良家。许多人称赞他的热心。

他的父亲忽然的生病死了。他忙着丧事，未免把服务精神暂时收拾起来。过了好几七，他就扶柩回南了。

三个月以后，他又回来了。他的经济的压迫负在背上，使他不得不牺牲他的服务的精神。算学不教了。除了到学堂上课以外，他只是坐在家里吃补药，凝神听着自己的肺的鼓动和心脏的搏动的声音，因为他总疑惑他自己是有了肺病或神经衰弱病了。

过了半年，他祖父又写信叫他回南了。

他少年的时候，曾定了一头亲事，就是他的表姐妹。现在他祖父看他年纪已经不小，急着要给他娶亲，所以就写信叫他回南去。娶亲以后，家庭的生活倒很好，祖父也给他好些钱。因为学业的缘故，他终于把他的小家庭同着他的一个弟弟都带到京里来。忙了许久，才找到了房子，搬了进去。他现在可是不愉快、活泼了。一天到晚只是忙忙碌碌的，发挥做丈夫的本能；又要念书，又要一早上市买菜，又要照料家事。真是累得要死了！还有什么心肠服务、读古文呢？精神疗养院自然也开不成。他大而高尚的志向竟消磨了。可是他不注意这些，他只尽心做家主的事。

劳苦使他一天一天的衰弱下来，终于得了很厉害的虚肿病，不得不回南方疗养。不久，他的死耗，就传于朋友间了。

他的一生，就如此平凡地摧毁了。

（原载1920年9月30日《晨报》）

一个不幸的车夫

　　上学的路上，远远的瞧见一大堆人围在一块。马路的两旁商店里，也出来好几个人，由我身旁跑过去看。我顿时发生了好奇心，匆匆的走到那里，也挤进人群里去。只见一个衣服破烂的人倒在地上，身旁通是鲜红的血。一辆破洋车搁在一边，轮子弯了，车把也断了。洋车的旁边，又停着一部汽车，初升的太阳照着它，闪烁的发亮。两个游击队的兵士和一个巡警围守着倒地的人，不使闲人走近。一瞥之下，我就知道这个人是一个给汽车撞倒的不幸的车夫了。

　　一阵凄惨的感情，充溢在我的心上，很想立刻闭着眼睛挤出去，走我的路。但是不能……再仔细的看了一看，这个不幸的人，约有五十余岁的样子，"老态龙钟"，瘦而且弱。半年多没有剪的长头发，已有一半是灰白的了。手上脸上通是黑垢，破碎而单薄的衣裤也是龌龊不

堪。不知他的伤在什么地方，只见得浑身都染有血迹的
身子躺在地上，一点也不能动弹。脸色惨白得可怕。眼
时时往上翻。虽然说不出话来，他的薄而褪色的嘴唇，
却不住的一张一合，咳！嘴张得如此之大！话却总说不
出来。显然是感得无限的痛苦。

凄惨与恐怖的情绪，一阵一阵的还是侵袭着我。再
也忍不住了！我的视线只得避开他的身上。拿耳朵听站
在旁边看热闹的人的话。

"他怎么会给汽车撞了的呢？"

"我看见他撞的。他拉着空车慢腾腾的经过这个胡
同口。那个时候，恰好由胡同里跑出来那一辆汽车。叫
笛呜呜响。不知他为什么听不见，不躲开，还是慢慢的
走。汽车夫一时停不住车，就把他撞倒了。""这样宽的
一条大路还躲不开，难道他是聋子，听不见汽车的叫笛
响么？"

"咳！可怜！这一定是他命里注定，应该是死在汽车
的轮子底下。"

胡同口的北首，摆着一排的人力车。五六个车夫也
围在一块议论。

"老四上哪里去了？是不是去通知他的家里？"

"是的，那一个巡警叫他去的。"

"老赵真可怜！大清早的由家里赶出来拉车，就撞见这个大祸，眼见的就要不济了。不知道他家里的得信，要哭得怎么样子呢！"

"可不是，他的家里整年的病在床上，这几天刚好了一些，听见老赵给汽车撞死，可不要叫她立刻也死去么。"

"咳！他不知做下了什么坏事，家里只是出灾难，好好的做买卖，本钱却赔得精光，接着他母亲又死了。办好丧事，一个大也没有剩下了。没有法子去拉车。想不到拉不到一年，却被汽车撞倒了。遗下一个病人，二个十岁以下的小孩，如果他真的死了，不知以后怎么样过日子呢？"

"他头一天到车厂里领车要拉，我就对他说：'老赵你是上年纪的人了，耳朵不大方便，身体也不大灵动。我劝你不要做这个费力气的苦买卖吧！你知道现在北京城里汽车一天一天的多，横撞直冲，我们拉车的不是常有给它撞死的么？'他叹了一口气回答道：'我怎么不知道。要另外有一条路走，我还肯把这副老骨头吃这个苦么？'我听他这样说，只得随他去了。却不知道他今天真吃汽车的亏。"

"有一天，我看见他带着病出去拉车。我就说：'老赵将息一天吧！何必带着病去做买卖。'他叹了一口气道：'一个铜子也没有了。昨天晚上还没有吃东西。不拉，今天吃什么？'咳！我们做苦买卖的真苦！"

"我只怪汽车不好。横撞直冲，总得要我们留神避它。真是可恶不过，他们有钱的人，坐在上面舒舒服服的。我们吃了他的灰尘臭气不算，一不留神，还要把性命送在它的轮下。横竖压死了我们一二个人不过花了几十块钱，不算什么事。咳！他们吃一顿饭也要花上二三十块钱，买一匹马也要好几百大洋。我们穷人的性命真贱呀！………"

说话的车夫说得伤心，眼圈一红，几乎掉下眼泪来，哽咽着再也不能往下说。抬头看其余的车夫时，眼圈子也都早红了。

车夫静默了，看热闹的却愈聚愈多。我挤在群众中，气闷不过，只得挤出去，仍旧走我的路。可是凄惨与恐怖总驱逐不去。在人们的无尽的生命流中，我永久纪念着这个脸色灰白，眼白上翻，嘴唇时时开合的不幸的车夫。

（原载1921年1月《铁路管理学校高等科乙班毕业纪念册》）